素っぴん

SUPPIN

ATSUKO WADA

和田敦子

リーブル出版

5秒前、4、3、2……
無人のテレビカメラに向かい、すっと背筋を伸ばす。
夕方ニュースワイド「イブニングＫＯＣＨＩ」が始まる。
オープニングテーマ曲とともに、ロゴが広がり、
ぱっと散っていく。
いつも同じ時間に始まり、
同じ時間に終わっていくのだけど、
毎日違った色合いのニュースが発信される。
その緊張感と刺激がたまらなく好きだった。

PROLOGUE

プロローグ

1986年、私はTBS系列のテレビ高知にアナウンサーとして入社しました。

くせっ毛を無理やりストレートパーマでサラサラにし、当時、流行りの「ワンレングス」でキメて、肩パッド入りのスーツに身を包んでいました。

私たち世代は、「新人類」と呼ばれ、その言動は、先輩方にとっては「出会ったことのない人間たち」だったようで、何かにつけ、注目されていたように思います。

そんな初々しかった時代から、38年もの歳月がたち、私は2023年5月で定年。第二の人生も、テレビの世界からは離れず、ちょっと響きには抵抗のある「シニア」というぬるめの環境に身を置きつつ、まだまだ何かにチャレンジしたいともがいています。

そんな中で、「生きた証」第二弾として、自伝的エッセイを残そうではないか、と思い立ったのです。

第一弾の「生きた証」はまた本編でお話をするとして、この第二弾の「素っぴん」は、「おひとりさま」で生き抜いてきた私のあんな話、こんな話をつぶやいて、それで、くすっと笑ってもらえたり、共感してもらえたり少しでも前を向いて生きられる力になれれば、という思いを込めて発信していきたいと思います。

思えば、こうして自分自身と向き合う時間など意外となく、気づいたら、人生後半も後半。フルマラソンに例えると、勝負どころの35キロ地点にポンとこの身が置かれて、どうゴールしようか作戦を練っているような感覚。

そのゴールは見えそうで見えない。時に大雨や霧がかかって前が見えなくなるし、晴れていても一歩が重くて前に進めないときもあります。

笑顔でゴールテープを切れるかどうかは、残り7キロの歩み方次第という訳です。

人生初の、そしておそらく最後となる「私」と向き合ったエッセイ。

ふだんめったにノーメイクの「素っぴん」はお見せできないのですが、このエッセイでは心を「素っぴん」にして、思うままに筆を走らせたいと思います。

好奇心旺盛で、常に「ピリ辛な」人生を好む自分大好き人間のひとり言のようなつぶやきに、ぜひ最後までお付き合いください。

和田　敦子

CONTENTS

プロローグ

CHAPTER 1
夢見て憧れてたどり着いた場所
・温泉宿で「素っぴん旅」スタート 012
・夢見る少女 016
・憧れはいつしか目標に 019
・感動の「初鳴き」 024

CHAPTER 2
失ったもの　得たもの
・私が私でなくなった日 028
・おしごとザ・ベストテン 039

CHAPTER 3
ふるさとの記憶
・おばあちゃんの匂い 072
・「あんこ」と呼ばれて 075

・亡き父からの贈り物　080
・父が残した宝物　084
・ちょこっと「恋バナ」　088
・お酒とわたし　096
・我が「お城」へようこそ！　101
・借金してでも　106
・買い物かごの攻防　112

CHAPTER 4

人生に彩りを

・多島美に魅せられた「素っぴん旅」　118
・音符が踊る日々　121
・運命の出会い　126
・ずっとこの日を忘れない　138
・笑顔の花が咲いた！　143
・心が変わると……　152
・生まれ変わることができるなら　161

CHAPTER 5
未知の世界の扉を開けて
・ご利益求めて「素っぴん旅」 166
・扉を開けると未知の世界が 171
・人生の余白を大切に 175

CHAPTER 6
そして未来へ
・気ままにひとり「素っぴん旅」 182
・「敦子の部屋」 185
・「ここだけのはなし。」のここだけの話 189
・心を素っぴんに 196
・終わりの始まり 200
・素顔のままで今ここに咲く 204
・「わだ」道をゆく 210
エピローグ

SUPPIN

素っぴん

ATSUKO WADA

CHAPTER

1

夢見て憧れて たどり着いた場所

温泉宿で「素っぴん旅」スタート

2024年の幕開けは、決して他人事ではない能登半島地震で悲しみの連鎖が起きた。

元日、故郷に帰省した人も多かっただろう。笑顔で団らんを楽しんでいたに違いない。そんな特別な日を容赦なく大地震が襲った。南海トラフ地震の発生が高い確率で叫ばれているなか、高知の人たちはすぐに支援のため動き出し、心を北陸の地に向けた。

新年最初の夕方ニュースワイドも、いつもの穏やかな正月スケッチはやめ大地震一色となったし、「新年おめでとう」とは言い難い雰囲気が漂った。

私のこの本の「筆始め」も、そんな状況だったから、少し遅れてのスタートとなった。

会社での新年会を終えた成人の日を含む3連休で、ようやく私にとっての2024年が実質始動。

この1年で、一番のビッグプロジェクトが本の出版だ。

気合いを入れて文章を書くには、まず環境を整える必要ありと、これまでもたびたび1人で訪れていた大好きな場所、愛媛の道後温泉に宿をとることにした。

道後温泉は、夏目漱石の小説『坊ちゃん』にも描かれ、多くの観光客が訪れる人気の温泉地。高知から高速バスに乗ると2時間ちょっとで行けて、なおかつお湯がいいときている。

道後のクラフトビールも大好き。なにせ、「文豪気取り」なので、和のテイストははずせないし、あまり宿泊客の多い賑やかな宿も落ち着かない。

ということで、1日6組限定の少々贅沢な温泉宿を文豪の宿に決め、私はいよいよ出版に向けてのろしを上げた。そう、これも自分との闘い。覚悟を決めて、これからしばらく続く闘いに向き合う。いかに心を「素っぴん」にできるか、だ。

宿のプランは、朝食・夕食付き、しかもオールインクルーシブ。つまり、飲み放題！　なんて素敵、素晴らしい環境ではないだろうか。きっと筆が進む。

丁寧な出迎えを受けて、部屋に入ると広い和室があって、窓からは道後公園が見える。

まだ夕暮れには早く、親子がキャッチボールをして遊んでいる。

和室横に小さなテーブルと椅子があったので、そこを「文豪」の基地と決め、早速パソコンを開き書き始めた。

なにか新しいことを始めるとき、「格好から入る」タイプの人がいると思うが、かくいう私もその口で、マラソンを始めたときもランニングウェアにはとことんこだわった。

形から入るタイプは飽きっぽいといわれるが、それもまんざらはずれてはいない。

私はかなりの凝り性と思い込みが強いせいか、すぐにランナー気取りになったり、歌手気取りになったり、こうして今度は文豪を気取ってみたりしている。

さて、いつまで持つのか。気持ちの切れないうちに、少し安い定宿でも見つけて書き溜めていかなければ……。

飲み放題の贅沢な温泉宿で、早々にクラフトビールを補給しながら、私は小さく決意した。

夢見る少女

山と山が折り重なりやや狭く見える空を、窮屈そうに雲が流れてゆく。動物のように見える雲、綿菓子のようにおいしそうな雲、その流れは早送りのように目に映るときもあれば、そこに留まっているかのように存在感を持って見える時もある。

土佐町は、自然豊かで、いや豊か過ぎて、小さいころの遊びといえば、雲を追いかけたり、庭でアリの巣を見つけて飽きるまでアリの働きぶりを観察したり、春には田んぼのおたまじゃくしをすくって、カエルになるのを見届けたり……そんなことの連続だった。

なかでも、「雲の観察」は大好きな遊びのひとつだった。想像力を掻き立ててくれるから。

山はとにかく日暮れが早くて、午後4時を過ぎるともう夜のサインが出始める。そして午後5時になると、サイレンが町に鳴り響き、各家庭では夕飯準備が始まるのだ。だから、午後5時のサイレンまでに家に帰らなければならない。田舎に帰って、このサイレンの音を聞くと、あの頃を思い出してちょっぴりセピア色の景色がよみがえってくる。

雲の観察の次に好きだったのは、本を読むこと。小学生のころは、感想文が宿題だったので、やたら偉人の「伝記」ばかりを早読みしていた。熟読まではいかずページ全体を眺めておいて、ざっくり内容を頭に入れ、たくさんの感想文を書いた。熟読していないので記憶にあまりないが、1000円札の肖像画となっていた「野口英世」が印象に残っている。貧しい農家に生まれた野口英世は、1歳のときに大やけどをしハンディキャップを背負いながらも、世界的な細菌学者となっていく。火傷というキーワードが頭から離れなかったように思う。

そして私の人格形成に最も大きな影響を与えてくれたのが、「赤毛のアン」シリーズ。

まだ実家の本棚に、色褪せながらも当時の匂いとともに並んでいる。10巻あるのだけど、その本そのものの色合いが、濃い紫を基調とした何ともいえない繊細な佇まいの本で、眺めているだけで幸せな気分になれた。

こども時代は、赤や黄色を好んでいたから、余計にこの「紫色」の本は大人の階段をのぼるような、そんな感覚だった。もうアンの世界にどっぷりつかって、夢中になって読んだ。

それもあって、私もアンのように空想ばかりする子どもになっていったのだ。雲を見ては空想にふける。月や星を見ては空想にふける。

夢見る夢子ちゃんの典型。ここで私の人間としての型枠ができた訳で、きっとそこから何も変わっていない。大人になっても、そして今シニアになっても、夢ばかり追いかけていて、自分でも少々呆れてしまうくらいだ。

この赤毛のアンの「紫本」をネットで検索すると、なんと1冊4万円と表示されていた。私のように「紫本」を読みあさった人は結構全国にいるんじゃないかな。

夢見る夢子を増産？　でも、それも悪くない。

憧れはいつしか目標に

当時、花形といわれた職業のひとつ、アナウンサー。テレビがキラキラ、そして今ほど規制がなく自由だったから、ちょっとギラギラもしていた時代のこと。

そんな昭和の終わりに、自ら飛び込んだ世界だった。

「なぜ、アナウンサーを目指したんですか?」とよく聞かれるのだけど当時は高尚な理由などなく、私の視線の先には「テレビでしゃべる」ことしか見えていなかった。

「しゃべる」というよりも、最初はブラウン管の中に入りたい、という思いだけだったかもしれない。日本が高度経済成長期に入った昭和20年代半ば、テレビは一般家庭に急速に普及。

昭和24年、当時、皇太子さまご成婚の直前には200万台を超え、ご成婚の模様は生中継されたという。

カラーテレビが登場したのは昭和35年。私はまだ生まれていない。

物心ついたころ、土佐町の実家にあったのは、4本の脚がついていて家具のような木目の枠でブラウン管を縁取ったテレビだったと思う。

大きな音の出る箱のようにも見え、目の前で見ているのに、ブラウン管に映るスターたちはとても遠くにいるように思えた。

昭和49年、私が小学5年のときに始まったTBSの「赤いシリーズ」は、見逃してしまうと次の日の学校での話題についていけなくなるほど。いまや理想の夫婦といわれる山口百恵さん、三浦友和さんもこのシリーズで共演している。「赤い迷路」「赤い疑惑」「赤い運命」「赤い衝撃」などと10作ほど続いていく。ドラマは赤いシリーズ、そして歌番組といえば、昭和53年からスタートした「ザ・ベストテン」。私が最も影響を受けた番組だ。

こちらもTBS。12年も続いた歌番組で、スタジオに来られない歌手が、ある時は地方公演のあったホールや観光地から生中継、またある時は司会の久米宏さん・黒柳徹子さんが「○○さんは、新幹線で移動中、東京駅に着いたらすぐに中継つなぎますから。お楽しみになさってください」などと早口でアナウンス。それをテレビの前にかじりついて、ドキドキしながら待っていた、なんてこともうっすらと記憶にある。

小学校の頃から家にはピアノがあって、歌も大好きだった私は当然「歌手になりたい」と思うようになる。ただ、田舎にいてどう行動を起こせばこんな眩しいほどのスターになれるのか全くわからなかったから、それは夢のままで終わる。そういうものだと半ば納得していた。が、ずっとテレビへの憧れは持ち続けていた。

ひとつの転機は、大学に入って初めての学園祭。

なぜかその学園祭のステージに、松田聖子の歌で立つことになった。曲は「白いパラソル」。

その経緯はもう覚えていないが、千葉にいた高校時代に買ったマリンルックの可愛いワンピースを持っていることを思い出し、急遽、その服を実家から送ってもらって、もうぶりっ子満開で歌った。すっかり人前で歌うことの心地よさを味わってしまい、そのときの高揚感が忘れられなくなった。

その後、タレント養成学校に通ったが演じることにハマることはできず、新聞でたまたま見たアナウンサーを養成する「生田教室」の広告を見つけて、通い始めることになる。

そろそろ将来の道を考える時期でもあったので、「表現」することに変わりはない、と選んだのだが、生田先生の飴と鞭方式の教えにすぐに洗脳され、そこからはアナ一筋。来る日も来る日も、発音・発声・アクセントをたたき込まれた。

1クラスは10人ほど。

アナ試験を見据えての勉強だったので、窓から見える景色を実況する日もあるし、小論文の書き方なども教わった。小論文は最初の一行でのインパクトと、起承転結の構成が重要であることなど即、試験に役立つ内容。ただ全く実践練習はなく、先生から「アナ道とは」という濃厚なお話を聞くだけの日もあった。

緑の表紙と青の表紙のA４サイズの先生作成のテキストを、今でも「バイブル」としている人は多い。緑は「基礎編」。青は「朗読編」。

アナウンサーの技術を身に付けるためのレッスン用の例文が細かく記されて

いて、それを攻略すれば何も怖くないくらいの充実したテキストだった。

「あえいうえおあお」「かけきくけこかこ」から始まって、早口言葉が組み込まれた「外郎売《ういろううり》」、同じ名詞でアクセントの違う言葉の入った例文やニュース原稿、朗読のための文章まで網羅。何もかもが新鮮で、先生に褒められるとすぐに有頂天になって、「もう私にはこの道しかない」と思った。

あの頃は、ドラマのヒロインになったような気持ちで、苦難の道のりを歩んでいくストーリーを現実で演じていた。

ローカル局ばかり、東に西に転々と受験し、晴れて１９８６年＝昭和61年、地元・テレビ高知に入社。テレビ高知はＴＢＳ系列。

少女時代、「赤いシリーズ」や「ザ・ベストテン」で私をテレビに惹きつけてくれたＴＢＳの系列で働けるということに、勝手に縁を感じていた。

「キラキラしたブラウン管のなかに入って、しゃべりたい」

生田教室の門をたたく、という行動を起こしたことが夢の実現につながったのだ。

感動の「初鳴き」

「初鳴き」

アナウンサーが初めてテレビ・ラジオで放送に声を乗せることをそう呼んでいる。

私は昭和61年にTBS系列のテレビ高知に入社。テレビ高知は、昭和45年、高知では2局目の民放として開局。

そして、その開局の翌年から、全国の民放で最も早く「夕方のローカルワイド」を始めた。それが「イブニングKOCHI」。

私が入った頃の番組オープニングは、お天気カメラをバックに白い線がカーブを描きながら左右に広がっていき、最後に番組名のテロップが出る。あの跳ねるような明るいBGMもすぐに蘇ってくる。

テレビの世界は技術革新が進みめまぐるしく変化していき、そのたびについていくのに必死。80年代入社の私も、まさにテレビ史の移り変わりを昭和、平成、令和と3つの時代にまたがって見続けてきた。ということで、昭和入社の私の「初鳴き」はというと生放送ではなく、音声収録の「天気予報」。

アナウンサーは、CMやナレーション録りをするアナブースに入りオープンリールで天気予報のコメントを録音する。反対に、録音する側に回るときもあるから、新人が覚えなければいけない大事な仕事の一つだった。

確か、タイトルは「お天気メモ」だったと思う。1分30秒くらいの原稿量で、天気概況から順に読んでいく。ただ読むだけではなく、天気枠の尺にあわせて、どこをカットするかなどを決め、何度かストップウォッチで時間を計りながら、尺調整をしていく。

放送時間は夜遅い時間なので、収録後、家に帰ってから初鳴きを聞いた。顔出しはないとはいえ、テレビから自分の声が聞こえてくるという初めての経験に胸が躍った。

自分の人生もこれから「晴れ」にしてやる！　いや「快晴」にしてやる、くらいに思っていたのかもしれない。前途洋々の船出だった。

夢叶って、アナウンサーのスタートを切った記念日。１９８６年5月、新緑の季節だったと思う。無事、初鳴きを終え、そこからはローカルアナに課せられた重要な業務、取材、取材の毎日。

ゴールデンウィークの頃が独り立ちの目安で、「○○公園で花が見頃」だとか、「五輪花壇で花の植え替え」「○○町でアユつかみイベント開催」などなど、ちょっと柔らかめのニュースが主で、取材ノートを手に、西に東にとカメラマンと共に駆け回っていた。

その頃は、まだニュース原稿自体が手書きの時代。しかも領収証のように2枚複写になっていて、2枚目が写しとしてディレクターに渡る。手書きがパソコンに変わったのは、ずっと後のこと。

随分、書くことの訓練になったと思う。それと同時に、記者たちの少々癖のある字に慣れることも重要で、個性的な文字で書かれた平仮名などが象形文字のようにも見えて下読みに時間がかかり、放送時間が迫っているときなどは結構焦った。象形文字系や行からはみ出すほどの力強い字、申し訳なさそうに主張を諦めたようなちっちゃな字を書く人もいて、随分と鍛えられた。

CHAPTER

2

失ったもの
得たもの

私が私でなくなった日

目覚めると白いカーテン、白い壁、白いベッド。

やたら腰が鈍く重く痛む。どのくらい眠っていたのだろうか……。朝なのか、夜なのかさえもわからない。やがて、母がのぞき込んでいるのがわかった。とても悲しげな表情で私を見ている。

「腰が痛い」とだけ言葉を発した。

母は、横たわる私の腰の下に手を入れて、痛みがやわらぐようにずっと支えてくれた。季節は、夏の終わりだったと記憶している。

１９８６年、テレビ高知に入社してわずか５カ月。異常な腹痛に襲われ立っていられないほど……。それが数日続き、私は病院の門をくぐった。

胃腸ではない、感覚的に婦人科系のなにかだというシグナルがあった。産婦人科で検査を受けると、即入院。卵管溜膿腫、卵子を子宮に送る役目のある卵管に膿が溜まる病気だった。

当時の入院日記には、こう記している。

〈入院日記より〉
自分の人生設計、少なくとも考えていた。結婚、仕事の充実、妊娠、出産、子育て……当然女性であれば通る道だったはず。どこへ気持ちをぶつけていいかわからない。

きのう午後5時ごろ、先生が手術についての説明をしてくれた。聞いているうちに疑問が湧いてくる。まさか、と思って聞いてみた。

「先生、卵管、右も切ったんですか?」

先生はつらそうにうなずいた。

一つの夢が、ずっと描いてきた夢が、目の前で大きな音をたてて崩れてゆく……。

てっきり、右の卵管は残るものと思い込んでいた。左右の卵管を失ったことで、自然妊娠は絶たれた。

その後、日記はこう続く。

〈9月19日金曜日〉

朝、さわやかに目覚める日が少なくなった。きょうもそう。ひどい眠気と頭痛。夜、深い深い闇に包まれる。

昼間は少し忘れられるのだけど、夜は不安で眠れない。夜中、何度も起きてしまう。母は心配そうに、そんな私を見守っている。涙が止まらなくなった。

〈9月20日土曜日〉

退院まであと1日。子どもが産めない。この気持ちは、告げられた者にしかわからないと思う。

これまで思いどおりに生きてきた。人生初めての挫折……。

ただ、一縷の望みは「子宮」があること。医療が進むなか、子宮さえあればひょっとしたら、という希望がないわけではなかった。でも、無情にもその希望は、わずか1年足らずでかき消されてしまうことになる。

翌年1987年、東洋町で落雷によりサーファー死亡。痛ましい事故のニュースは、高知から全国ネットのニュースとしてお昼のワイドショーでも報じられていた。同僚の記者がリポートをしている。私は、そのニュースをまたも同じ白いベッドの上で見ていた。私は再び病に襲われ入院。

今度は、癒着性腫瘍。骨盤腹膜炎になり、癒着していた子宮を摘出しないといけない状態だった。24歳夏、子宮全摘。完全に「女性として生きていけなくなった」ことを、20代の若さで受け止めなければいけなくなった。

二度の手術で、私は私でなくなっていった。

いままで見えていた景色とはすべて違った色に見える。柔らかな日差しも、澄んだ青い空さえもがグレーのベールで包まれたような、色のない世界。そして例えようのない人生の敗北感。「女性は子宮でものを考える」という言葉が飛んできて、顔のない誰かが笑っている……

テレビをつけると、ベビー用品、生理用品のCMばかりが目についてしまい、そのたびに負い目を感じる。私がその事実を思い出すのに簡単な環境がそこかしこにあり、忘れるどころかどんどんと追い込まれていく。恋愛もそのことが原因の一つだろう。遠くへ行ってしまった。

いつしか、私は私を大切にしなくなった。自分は、ただ生かされているだけのモノだと……。自暴自棄もここまでくると、生きているという実感はまるでなかった。でも、仕事は押し寄せてくるから、それで少しは気がまぎれていったのかもしれない。

日々、取材。原稿を書いて、いち早く仕上げて、昼前のニュースを読む。情報の最先端にいること、毎日違う出会いや発見があること。何より、秒単位の仕事は「刺激」があった。

いつのまにか、この将来を絶たれたという悲しみは沈着し、深く胸の奥に刻まれたことで、どうにか自分の心のコントロールができ始めたよう。投げやりになることはあっても、私の中にまだちょっぴり本来の「私」が顔をのぞかせることもあった。

友達や会社の同僚との会話のなかで、常に「結婚」や「出産」「将来設計」という話は登場するから、そのたびに暗い影が落ちてきてはいたものの人間はすごい！

環境への順応性に長けているから、私もその時の対応として「心の瞬間移動方法」を身につけていて、それ系の話題のときには、すぐに見抜かれないようなどこか乾いたリアクションができるようになっていた。心の持っていき方さえ習得すれば、普通に暮らしていける。だんだんと挫折のあとの生き方を習得していった。

「子どもなんかおってもね、一生面倒見てくれる訳じゃないき、しょせん人間は1人やで」といって、慰めてくれる人たちもいる。結婚についても、「それだけが人生じゃないし、1人がうらやましい」と言ってくれる人もいた。大きくうなずきながら、また心の瞬間移動をする。

どこに持っていくか？　この地球ではない四次元のような世界へ、一瞬で移動する。心は氷を張った湖のようになる。大きな石さえ投げてこられなければ、氷を張っているから湖は守られている。そうして、気持ちに折り合いをつける術を覚えてきたのだ。結構長くかかったけど「よくやったね」と今は自分を褒めてあげたい。

人には、それぞれ大なり小なり「傷」がある。その傷は、目に見えて跡が残っているものもあり、すっかり傷跡は治ってはいるのだけれど、心にしがみついているものもあったり。でも、その経験があったからこそ、「人の痛み」が少しわかる大人になれた。

考え方次第で、人は人生を変えられるということの事例。実は、この病気のことをどう表現しようか、いや、本に書くか書かないかまで悩んだ。軽いタッチでおひとりさまあるあるを書いて、笑ってくれたらと思って書き進めているなかで、ここだけが重くどんよりとした空気をもたらすのも本意ではない。でも、それ以上に「書いてどう思われるかは読んでくださるみなさんに委ねて、本当の自分を知ってもらいたい」という気持ちのほうが強くなってきた。

20代で「家族」と無縁の人生を歩むことになった自分は、確かにみじめで可哀そう。でも、今ではそれを受け入れることができて、「個性」だと思うことができている。

この気持ちの変化は、実は50歳を迎えたときに起こった。生誕半世紀パーティーなるものを50歳の誕生月・5月に自ら企画した。単に50歳の節目に大勢のお友達や家族を集めてばか騒ぎしちゃえってことではなく、この「挫折」「負い目」と決別する日にしたかったから。

親しい人たちには、子宮全摘のことを伝えていたのだけど、私はもっと広く知ってもらったほうがいいと思ったのだ。そのほうが、完全にお別れできる、と。生誕半世紀パーティーには、およそ80人の友達や　家族が出席してくれた。洒落で、白いウエディングドレスを着て、当時始めたばかりのバンド演奏も披露。

「あっちゃんは派手なイベント好きやきねー」と言われつつも、パーティーの本当の趣旨は、出席していた母への手紙を通じて、病気のことをカミングアウトすることだった。当然、母は20代のとき、病室で「私が代わってやりたい」といって泣いてくれたほど、私の境遇を悲しんでくれていた。

母への手紙とは、出席してくれた人たちへのメッセージでもあり、私の心の叫びでもあったのだ。その50歳を機に、私はすっかり「自分」を取り戻した。

自分を大切にすることが、人をも大切にできること。

自分が好きでなければ、他の人を好きにはなれないということ。

そんな法則さえすっかり忘れていたから、やっとそこからが人生のスタート地点。ようやく霞がかかったような世界から抜け出そうとしていた。

今でも、もちろん小さな子どもを連れたお母さんをスーパーで見かけたり、テレビで親子の物語をしんみり放送していたりすると自分の運命を思って、例の影が降りてくることはある。

だけどもう、身についた「心の瞬間移動」プラス「これは私の個性」と思えるようになったことで、随分、私のキャンバスには、幸せ色が増してきている。

その後、私はこの個性をいろいろな場で伝えるようにしてきた。「挫折」を長い時間かけて跳ねのけてきた軌跡は、今では私の唯一の誇りでもある。

本を書くにあたって、入院していた産婦人科の先生のもとを36年ぶりに訪れた。

「カルテがもし残っていたら、見せてほしい」とお願いして時間をとっていただいたのだが、１９９８年の高知豪雨のときに病院が浸水し、昔のカルテは残っていなかった。ところが、その面会から1週間ほどして、先生から手紙が届いた。当時の手術予定のノートが見つかったというのだ。

1回目の手術は、横切開、2回目の手術は縦切開だったこと。（私のお腹には、十字架のような手術痕が残っている。）

私の入院記録と少し違いはあるものの、1995年まで定期的に通院していたこと、ホルモンのバランスを考え、2回目の手術のときに左の卵巣を残したことなどが書かれていた。そして、最後にこんな文章が……。

〈先生からのお手紙より〉

和田さんの人生のなかで、これらの手術がその後の生き方を決められた大きな出来事であったことは間違いないと拝察いたします。

'98豪雨で当院は床上浸水となり、レントゲン、カルテなどの書類に浸水被害を受け、紙データはほとんどボツになりました。このたび、お会いしてお元気に活躍されていることを知り、たまにはテレビを見なければいかんなーと感じました。この手紙が少しでもお役に立てればと思っています。

先生の変わらない温かさに涙が出そうだった。突然連絡し、訪ねていった私を不思議がることもなく、笑顔で迎えてくれた。

病院が浸水したという’98豪雨のとき、刻々と変わる状況を私はスタジオで24時間伝えていた。県都・高知市が水没。翌朝のヘリからの映像は、言葉を失うくらい変わり果てた街の姿を映し出していた。

まさにスタジオで被害状況などを伝えていた裏で、私の人生を揺さぶった病を記録した「カルテ」は、浸水で跡形もなく消えていったという。カルテが消えたことは、この傷を完全リセットすべき、という無言のメッセージかもしれない。

おしごとザ・ベストテン

社内がざわつく季節、早春は4月からの人事の動きを読みとるべく、いつにも増してひそひそ声が増殖していく。

きょうが内示、本人だけに異動が告げられる日だ。

自分のデスクにいて内線電話がかかり、上司に呼ばれるとそれはもう、「確定」。例えばたまたまその日が休みならば、携帯電話は本当の意味で「携帯」していないとやばいことになる。

２０１６年、まだ桜も蕾だった頃、それは忍び寄ってきた。当時、報道部長だった私。デスクで事務的な作業をしていたときに「魔の電話」がかかってきた。

その電話の音も、気のせいかいつもと違う斜めな音に聞こえる。予期していた電話ではない。まさか、まさか、と打ち消していた。誰がどこの部署に移っていくか、他人の情報はある程度わかったとしても、なぜか自分に関する情報は一切入ってこないから、その日も私は何の心の準備もできずにデスクで通常業務を行っていた。

内線電話が鳴る。プルプル、プルプル。この時間だと間違いなく「異動確定」の通告だ。受話器を生気のない声でとる。

「はい、わかりました」

会議室に来るよう、上司からの連絡だった。

「まさか」いや、まさかではない。呼ばれてしまった。上司と一対一で向き合い、彼が言葉を発するのを待つ私。

「4月から」……その時点ですべてを飲みこむ。ついに私にも「異動」という別の世界で頑張って成長しなさい指令が来た。報道から移る新たな部署は「企画事業部」、対外的なイベントや営業系のパブリシティ枠などを扱う営業色の強い部署への異動だった。

アナウンサーから報道部長、そして春から事業系の部署へ。それは入社30年、まさに「青天のへきれき」だった。サラリーマンなら誰もが当たり前に経験する部署異動だが、生涯、報道だと高を括っていたから、この対面で聞かされた内示にはかなりのパンチをくらった感じで、異動の理由や「この先頑張ってほしい」といったコメントもあったと思うが、全く耳に入らず、よろよろと会議室を出ていった記憶がある。

入社して初めて、本気で「辞めたい」と思った瞬間。「辞めるにはどうすればいいか」「辞めたあと、何をすればいいのか」内示を受けたあとは、全く仕事が手につかなかった。

でも、私が会社を去ることはなく、新しい部署でも自分の「居場所」を見つけ、何カ月かして「ここ、最高の部署やん」と思えるくらいのモチベーションを生み出していく。

報道時代の精神的24時間体制から離れたこともあり、バンド活動を続けていくには以前より良い環境を与えてもらった、とプラス面も考えられるようになっていったのだ。

ただそこでの仕事は、ゼロ、いえマイナスからのスタート。同じ会社なのに、50歳過ぎてまるで新入社員のよう。別会社に再就職したような日々だった。

その経験が後に私の財産となっていく。仕事は、会社員である限り当たり前のことだが「選ぶことはできない」ということが実感として理解できた。

まわりが人を評価し、動かしていく。自分自身でいくら良い点数をつけたとしても、まわりが認めてくれなければ意味がない。「自分は正しい」、「自分はできている」との思い込みが間違いの元。

組織のなかでは、その人の更なる成長を願い、少々大胆な判断でその人が望んではいないだろう部署に動かすことがあるということ。私もその異動経験がなければ、今、薄っぺらいままの感覚で日々を過ごしていたに違いない。

想定外のことが自分の身にも起きることがあるんだとその時痛感し、辞めることでそこから逃げなくて本当に良かったと今、心から言える。

初めての異動が50歳を過ぎてから、ということは、キラキラに憧れ少々舞い上がって仕事をしていたローカルアナ時代は通算およそ30年。ずっと舞い上がっていたわけではないが、20代の頃は確かに地に足がついていない状態だったと思う。

ここからは、ローカルアナの「おしごと」をあくまでも私だけのケースとして紹介していく。

「アナウンサー」この響きだけで、テレビの世界の花形のように聞こえるかもしれない。ひと昔前は、なりたい職業の上位に名を連ねていたこともあったし、仕事自体を全く関係のない知らない人たちがリアルタイムで「目撃」してくれて、評価をしてくれて、なんていう職業はそうそうない。芸能人と違って、それを民間の「組織」の枠のなかでやっているというところもポイントだ。

アナウンサーに求められることは何か。

ローカルでは、しゃべりの技術だけではないこともしばしば求められる。ただ、あくまでも私が経験したローカルアナの場合ということを重ねて強調しておきたい。

「しゃべり」はもちろんのこと、ローカルでは「取材力」「企画力」も大事。入社してすぐに実践研修に移るのが「取材」。

初めて書いたニュース原稿は、見事に当時の敏腕デスクによって、「ごみ箱行き」。気合いを入れ直して次に書いた原稿も、私が書いた文章は2、3行残ればいい方だった。

そんな厳しい洗礼を受けていたから、自分の声が世間にさらされることよりも、自分が書いた文章が「ニュース」として発信されることのほうが数十倍も恐ろしく感じられた。こんな世間知らずの新人が書いた原稿が世に出ていいのか、その疑問は入社してしばらく続いた。

取材を覚えると、次は定時のニュース読みへ。

定時のニュースとは、朝ニュース、午後4時前のニュース、夜のニュース。夕方のニュースワイド以外の枠をこなさなければいけない。短い枠とはいえ、3分以内だったり、2分だったりと細かく時間を刻む分、下読みをしっかりやっていないと、枠からこぼれてしまい「放送事故」扱いになってしまう。たった2分、3分なのに、宇宙の終わりくらいビビッてしまう。何度も何度も、2本程度のニュースを練習し、縦書きで記された原稿には、読みやすくするため文章の区切りに印をつけたあと、

「このセンテンスを何分何秒で通過すれば、こぼれることはない」

といった秒単位の理想の通過時間を書き込む。と、同時に最後のセンテンスの尺をはかって、残り何秒あればこの総尺におさまるだとか、万が一、時間がおしてきた場合はこの部分をカットする、というところまでしっかり書き込ん

だ上で本番に臨む。

生意気をして、そこまでのシミュレーションをしていないときは、結局、終盤早口になってしまい、とても「伝えた」とはいえないアナウンスになってしまう。イチかバチかはない。どの世界でも同じで、それまでの準備が全てということ。

この本を出版するにあたって、自分の仕事のことをどう表現するか、最も悩んだ。しかも、過去の仕事ぶりを思い出そうにも辛かったことしか浮き上がってこない。

アナウンサーとして楽しかった思い出などは、目を閉じてもあまり映像が浮かんでこない。今、頭に浮かんでくるのは、アナウンサー以外の仕事経験。特に私は、アナウンサーからニュースデスク兼務へという道を歩んだため話がややこしい。

デスク業務が中心だったころにも、外では「いつも見てます」と声をかけられる。それほど露出していない時期にもそう言われるから、思い切り不自然な笑顔で、「はあ、ありがとうございます」と返していたと思う。「いつも見てます」はありがたいけれど、全く露出のなかった頃は、申し訳なく乾いた笑顔を振りまくしか手立てがなかった。

そのニュースデスク。私が本格的にやり始めたのは、高知国体に向けた番組が終わった2002年以降だった。国体番組やコーナーのディレクション、構成、そして自ら取材して原稿書いて、出番を作って……と、まあまあな仕切り役をやらせていただいた。

その国体後は、夕方ニュースワイドで水曜の一曜日だけキャスターに。そのほかの平日はニュースデスク業務に入るようになった。ニュースデスクとは、その日のニュース項目を決める権限があり、あがってくる原稿に赤ペンを入れるニュースの「司令塔」。責任の重さは半端ない。

そのデスクの日には、朝5時ごろに配達される朝刊をまだ眠い体を起こしチェック。追っかけないといけないネタがないかどうか。前日に決めた取材の変更をかけなければならないようなネタが載っていないかどうかをまずは見極めることから1日がスタートする。

30代後半、アナウンサーとしてもっと羽ばたきたいと思っていたが、どうやらその時代のタイミングというもので、その役割を担う人材が少なかったのかもしれない。結局、そのニュースデスクの経験から管理職の道へとつながっていくのだが、「生涯現役で」と思っていた私にとって当然、望んでいた道ではない。でも、そこは組織の人間である限り流れを変えることなどできない。

いま思えば、たくさん反抗もしてきた。上司に生意気を言ってしまったことも多々あった。大海原に出たものの自分で船の舵をとれず、長く海の上でさまよっているような感覚。

それでも悶々とした日々が続くなか、転機が訪れる。ある年、中堅どころを中心に夕方ワイドリニューアル会議が開かれていたらしく、新体制が告げられる。

小さな会議室に呼ばれ、月曜から木曜のメインキャスターを私に、というのだ。どうやら「お母さん」という設定らしく、相方は毎日交代。もう40代になっていた。40代になって、やっと自分が最もやりたかった「ニュースを伝える」役目が回ってきたのだ。

オープニングBGMもロゴも新しくなり、私の大好きなオレンジ色。音楽は、夕焼けの光景を思い起こさせるような優しい調べへと変わった。今その曲が流れても、思わず冒頭挨拶、「こんばんは」って言ってしまいそう。

それまで男女アナ2人のツーショットから始まるニュースワイドが多いなかで、ワンショットの挨拶から始まる。もう、たまらなく身の引き締まる良き時代だった。ということで、「良き時代」の記憶は先にも書いたが本当に思い出せない。40代でやっとたどり着いたキャスター。約2年半、「やりがい」のある「楽しい時代」だった、とだけ書き留めておこう。

ここで、定年までを振り返って、印象に残った放送・取材・場面をランキング形式で紹介。10個挙げられるか不安だけど、発表は第10位から。

第10位「アッコにおまかせ・桂浜長ぐつ中継」
第9位「高知国体一連の番組、取材、学び」
第8位「アメリカ知事同行ひとり取材」
第7位「バリ島でドリアン初体験驚きのリポート」

第6位「あのビタミンボイスを間近で！　思わぬご褒美仕事」
第5位「全国放送　カツオ船体験記」
第4位「東京で会議中　東日本大震災の衝撃」
第3位「ここだけのはなし。もらい泣き続出」
第2位「きょうも叫ぶ！　能力の限界に挑戦したデスクの日々」
第1位「'98高知豪雨　台本なき終わりの見えない放送」

時間かからず硬軟とりまぜて思い出せたのは、自分でもちょっと意外！

時刻はいま朝5時すぎ。

きのうまでの雨が嘘のように、けさは晴れ渡っている。そうだ、きょうから6月、アジサイが色づく雨の季節。この晴れは貴重かもしれない、いつになく清々しい気持ちで目覚めた朝、導かれるように原稿に向かっている。ということで、すっきりした頭だったからすぐに「おしごと」の記憶ランキングが整ったようだ。

「自慢」のように聞こえる項目もあるかもしれないが、ご勘弁。すぐに情景が浮かんできたものを純粋に選んだということで。

それでは、第10位から！

第10位「アッコにおまかせ・桂浜長ぐつ中継」

1985年にスタートした「アッコにおまかせ」。その翌年、1986年に入社したばかりの春、「アッコにおまかせ」の中継リポートを任されることになった。

バラエティの中継ということだが、まだ右も左もわからない新人。何をどう準備していいのかわからなかったが、まずは衣装。上下ピンクのニットのセットアップで、桂浜の砂浜で駆けまわらないといけなかったので赤い長ぐつを買った。ピンクに赤がいいのか悪いのか？

登場のシーンは、和田アキ子さんの等身大のパネルを抱えそれに隠れるようにして、スタジオから呼びかけがあったら、当時、おまかせ中継リポーターをしていた吉村明弘さんがやっていたように、「はーひふーへほー」と言いながら登場する、というシナリオ。

リハーサルがあって本番、そのときスタジオの和田アキ子さんとクロストークがあったはずなのだが、もう記憶が薄れている。

この番組が今でも続いているのは素晴らしいし、そんなご長寿番組に自分が出たなんて、不思議な感覚に襲われる。

第9位「高知国体一連の番組、取材、学び」

2002年高知で国体が開催された。この国体に向けて新番組が始まった。それが「がんばれ高知」で、いまはエコをテーマにした番組に変わっているが、その前身となった番組を5年ほど担当していた。

毎週日曜の20分枠。国体競技すべてを紹介するというもので、競技そのものに焦点をあてたり注目選手に密着したり、いろいろな角度でスポーツの魅力を伝えた。

この番組の初代ディレクターは、普段は穏やかな人なのだが番組づくりになると眼光鋭くちょっと怖かった。報道のニュース取材の経験は積んでいた頃だったが、ひとつの番組を仕切る技量は持ち合わせていなかったのだと思う。

スタジオで協会の理事長らにお話を聞く回などもあったが、収録が終わるたびに、話の進め方、インタビューの内容について細かいアドバイスをもらった。きっと私は「点」でしか見えてなくて、彼は番組全体を俯瞰で見て足りないところを指摘してくれていたのだと思う。

人の懐に入ること、相手との距離感を縮める努力をすること。このアドバイスは、その後担当することになった番組でも生かされたと思う。収録や取材のたびに怒られてへこんで、影でこっそり泣いてしまったこともあったけれど、それが今となっては宝だ。

「怒られない」のは悲劇。叱ってもらえるのはラッキーなこと。

第8位「アメリカ知事同行ひとり取材」

ある日、上司に呼ばれ「○日からアメリカへ行ってくれるか」、まるで近所のスーパーにお使いに行ってきて程度に軽めのトーンで言われ、よくよく聞いてみると「単独で」「カメラ持って」ということらしい。理解するのに少しかかったが、高知工科大学とアメリカのマサチューセッツ工科大学が姉妹校の締結をするにあたって、その締結式がアメリカで行われ、あわせてボストンでの国際交流イベント「ジャパンウィーク」が開かれることになっていてその模様を取材するというもの。

ジャパンウィークには、「よさこい鳴子踊り」が参加する。海外ひとりぼっち取材が決まってから、しばらく私はテレビカメラよりもかなり小ぶりのビデオカメラでの撮影を練習。

少し前にフィリピンにも同じカメラを持っての取材経験があったのでそれほど不安はなかったが、現地ではまだ撮影が残っているのに、バッテリーが切れそうになったり、締結式直前のバスの中で湿気でカメラの不具合が起きたり、ひやひやドキドキの取材の連続。

知事同行取材なので、新聞や他局の記者と一緒だったことが心強かった。海外取材なんていまの経費節減の時代「うらやましい」とよく言われるが海外は取材ではなく、プライベートの旅のほうが数倍いいに決まっている。

第7位「バリ島でドリアン初体験驚きのリポート」

当時、放送していた情報番組「じゃらんじゃらん」。「じゃらんじゃらん」はインドネシア語で「散歩」という意味、ということで、スポンサーだった旅行会社の協力でインドネシア・バリ島で「じゃらんじゃらん」してみようという企画が持ち上がった。その旅行会社企画のコーナーを担当していたこともあって、私がバリ島に行くことになった。今度はカメラマンも一緒で、営業担当と3人チームでの取材。しかも、高知龍馬空港からのチャーター便だったから、これはご褒美のような恵まれた取材だったと思う。

バリ島で「じゃらん」インドネシア語で「通り」を意味する看板を見つけては喜んだり、島内の美しい風景、市場などを取材したり、仕事とはいえ夢のような時間。私のリポートもいつもより滑らかに、どの場所に行っても表現に困ることはなく、取れ高＝取材の成果は大きかった。

ところが、とある観光地でフルーツの王様だからと「ドリアン」を勧められ、食リポすることになった。

初体験のドリアン。私は何の知識も持ち合わせていなかったのでワクワクしながらかぶりついた。と、その瞬間、飲みこむこともできず、その匂いと味に息苦しくなって思わず発した言葉が、「ま、まずい」。何か言わなくてはと動揺して、かろうじて標準語で出た言葉がそれ。まわりは大笑い。

私はクサいやらリポートできなかったことで悔しいやら、いろんな感情が入り混じるも、たぶんこのシーンはカットだなと思っていたら、しっかり本番でも使われ、ご丁寧に「ま、まずい」の字幕をデカデカと入れて放送された。

第6位「あのビタミンボイスを間近で！　思わぬご褒美仕事」

これは比較的最近の出来事。

紅白出場歌手、高知出身の三山ひろしさん、高知が生んだビッグスターとの夢の共演が実現した。テレビ高知の看板番組「歌って走ってキャラバンバン」。

１９７７年、私が中学生時代に始まった視聴者参加型の歌合戦で夏に県内各地を回って野外で収録が行われていた。歴史を重ね多くの人に愛された番組だったが、40回を迎えた2016年にその幕を閉じた。

70年代、カラオケが徐々に広まっていった頃に始まったキャラバンバン、その後空前のカラオケブームが起こり、番組も盛り上がりを見せていた。まさに視聴者の皆さんとともに作り上げてきた番組。放送終了から6年後、その歌って走ってキャラバンバンが舞台化されることになったのだ。

「伝説の人気番組が舞台となって蘇る」

5人の俳優による5つのストーリーがミュージカル仕立てで上演され、そこに生歌のステージも加わるという構成。ステージに参加した局アナは、キャラバンバン決勝大会で優勝したこともある正真正銘の歌姫。そこになんとなーんと、企画した社外のプロデューサーから私にもお声がかかり、オリジナル曲で参戦することに。

スペシャルゲストはビタミンボイスで人気の三山ひろしさん。

2日にわたって行われたこの舞台&コンサート、三山ひろしさんのリハーサルの様子まで間近で見ることができたし、いつもの自分のライブとは勝手が違って緊張しまくりだったが、2ステージ、しかも役者さんたちがおなじみのヒット曲を披露するなかオリジナル曲を歌わせていただき、思わぬご褒美となった。三山さんのステージングは「さすが紅白出場歌手」と思えるファンの心をがっちりつかむものだった。

三山ひろしさんと同じ舞台に立てたことは、これはもう三山ひろしさんと「共演」したことがあるんだよねと自慢してもいいレベル、だと思いたい。

第5位「全国放送　カツオ船体験記」

1990年から1994年まで放送されていたTBSの朝の情報番組「ビッグモーニング」。毎日各局からの天気リレー中継などがあって、そのリポーターを担当していた。

局の屋上から伝えたり、局社前から伝えたり、そのときの空模様や気温などを体感を交えて短くリレーでつないでいく。そしてその各局の話題を伝えるコーナーのスペシャル版で東京TBSのスタジオで体験取材を報告するという企画があった。

そこで私が挑んだのは、「カツオ船で一本釣り体験」。もちろんそれはTBS

の番組ディレクターとともに構成が決められていく。

カツオの町といえば中土佐町久礼。高知市から西に車で1時間ほどのところにある漁師町だ。久礼の「大正町市場」には新鮮なカツオが店頭に並び、休日ともなると県外からも大勢の観光客が訪れる。その久礼の港から出るカツオ船に乗船し、一本釣りを体験するという企画。ただすぐには船主からＯＫが出なかった。

「船霊は女神とされていて、女性を船に乗せると天候が荒れる」などとされ拒まれたのだ。企画意図を説明し、何度かトライしてやっと乗船許可が下りた。

船に乗るのは私と、数々の山取材を経験し、船にもヘリコプターにも強いスーパーマンのようなベテラン名物カメラマン。

少々波が高い深夜に久礼の港を出港。港から１２０キロのところでカツオの群れ「なぶら」を発見。漁師さんたちが途端に慌ただしく動き出す。船上が「戦場」へと変わる。海に竿を入れたかと思ったら、次々と釣り上げ、弓のようにしなった竿から一瞬のうちにカツオが空中に放たれ、船上に落ちていく。まさに入れ食い。その横で私も竿を入れてみる。すぐにかかった感触が。でもしなやかに竿を上げることなんて当然無理！　カツオは重い！　立っているのがやっと。しばらく格闘し、やっとのことで持ち上げて船の上に。ところがバランスを崩してしまい、船上でビチビチと跳ねているカツオの上に転倒してしまう。もう一本釣りどころではない。

私も釣られてしまったカツオのよう。転んで船上でバタバタ。ただスーパーマンのカメラマンだけは船酔いの様子など微塵もなく、漁師さんより漁師らしく、カメラを持って揺れる船内を動き回っていた。

船に乗る前に、地元の元漁師さんに港の中に空の一升瓶を浮かべてそれを釣る練習をしてもらったのだが、その成果を発揮することはできなかったのが申し訳なかった。

カツオ船で一泊。女性を乗せないのが慣習だったから、女性用トイレなどあるはずもなく、もよおしてしまうと声に出して申告。すると漁師さんたちが大きな青色のシートで囲んで見えないようにしてくれて、その間に用を足すという過酷な取材だった。

港へ帰るとき、釣ったばかりのカツオをさばいてくれて、みんなで船内で夕食。うっかりその時、帰れるという安堵もあってか、ビールをいただいてしまった。深夜にトイレ申告をするのはつらかったので、港につくまで死ぬ気で我慢したことが記憶に残っている。何かとそれ以来、我慢強くなった。

このときの取材は、後日東京のスタジオで報告。確か「決死のカツオ一本釣り体験」のようなタイトルだったと思う。

第4位「東京で会議中　東日本大震災の衝撃」

2011年3月11日、あの日のことは忘れない。

午後2時から東京TBSの12階で全国報道部長会議が行われた。私もその会議に出席するため東京に出張。午前中には羽田に着いて、赤坂近辺で昼食をとりTBSへ向かった。

午後2時、会議が始まる。

いつも4時間を超える濃厚な時間、日頃の疲れもあってか「きょうも長いだろうな」と覚悟して、話の骨子をメモにとったりしていた。会議が始まって40分ほど経ったそのとき、ゆっくりと大きな横揺れが。「えっ」と声を出すこともできないほど、大きく長く揺れ続けている。机に手をかけ踏ん張っていないと体が持っていかれそう。赤坂は震度5強。高層ビル特有の揺れは「この世の終わり」のようで生きた心地がしなかった。

東日本大震災、その後2階の放送センターは戦場と化す。エレベーターも止まっていた。余震は深夜まで続いたが、高知でも大津波警報が発令されていて、本社と連絡をとりながら翌日帰高。東日本大震災以来、大地震を想定しての局内の放送体制が会議の主題となることが多くなっていった。

あの時の揺れはトラウマとなっていて、少しでも違和感があると、深夜「ついに来たか」と思って目覚めたりする。つい最近も二夜連続で地震の夢を見た。

第3位「ここだけのはなし。もらい泣き続出」

2021年から始まったトーク番組「ここだけのはなし。」

頑張っている人に光を当て、生き方のヒントにしてもらおうという番組。ゲストは2024年10月の時点で70組を超える。

番組のタイトルどおり、「ここだけのはなし。」に近い苦労話やエピソードを話してくださるゲストも多く、一本の映画を見たような感覚に捉われることもある。

ＳＮＳなど何かで繋がっていたとしても、そう深くまで人生を語り合ったことがないゲストの場合には、そのサクセスストーリーの裏にある努力の賜物に驚かされる。

毎回、ご本人には内緒でサプライズメッセージを流しているのだが、それが息子さんだったり娘さんだったりすると、もう涙、涙。

それまでの表情が一変して「親としての顔」が現れて、号泣してしまったゲストも……。私もつい、もらい泣きしてしまって、ひどい時には言葉が詰まってしまい、収録を中断したこともある。

歳をとったせいかとても涙もろくなった。親としての気持ちを味わったことのない私でも、親子愛には純粋に感動する。お母さん、お父さんへの「ありがとう」メッセージだから、余計に。番組を続けてきて良かったなと思える瞬間でもある。

最近の「涙物語」は、災害用浄水装置を開発・製造している男性。その男性は、能登半島地震の直後から、自社の浄水装置を車に載せ、500キロ離れた被災地に向かい、給水支援を行った。

断水が長く続いたことから、5カ月間でなんと10往復もしている。「命をつなぐ水」を困っている被災者のために提供したいという一心での行動。社員ゼロ、その男性が社長兼職人という会社だが、その貢献度は計り知れない。開発に費用がかかり、当初は借金がふくらみ、家の電気、ガスが止まってしまうほどだったという。

そんな彼へのサプライズメッセージは、会社顧問の父親。お父様も息子の苦労を思い出したのか、涙のインタビューとなり、そのメッセージをスタジオで聞いている息子さんも、もちろん涙、涙。

私も、もらい泣きというか、「実は、ずっと見守ってきたであろうこの方から……」というVTRのふりの部分で、もう泣きそうになって声が上ずってしまうほど。これは「やばい」「また収録を中断させることになる」と思って、必死に我慢して無事やり遂げた。

「ここだけのはなし。」のここだけの話は尽きない。番組の始まりエピソードなどは後の章で。

第2位「きょうも叫ぶ!　能力の限界に挑戦したデスクの日々」

いま思えば、限界を超えていた。

昭和61年、テレビに憧れてアナウンサーの道をスタートさせた私。ただ最終面接でも、「ローカルはしゃべるだけではなく取材にも出てもらうし、それは大丈夫か?」といったようなことを言われた気がする。

とにかくアナウンサーになりたい一心で、オールオッケーのうなずきガールをやっちゃっていたと思うが、どんな職業にせよ、描いていたものと多少違うことはよくあること。

当時、高知県は53市町村あって、取材で知らない土地を訪ねて原稿を書き放送することは新しい発見の連続で、苦にはならなかった。

中学のときは授業中、全寮制だった高校でも自習の時間、ひたすら詩や文章を書いていたから、書くことはむしろ楽しかった。

30代後半になって、「ニュースデスク」に入るようになった。そうなると、その日は「しゃべり」の仕事はゼロ。この身、この精神のすべてを1日のニュース枠の「司令塔」としての任務に捧げることになる。

そもそもニュースデスクというと、警察系、いわゆる事件、事故報道を長年務めてきた記者の次のステップ。テレビ高知でも歴代のデスクは、警察や県政担当を経て担当するポジションで、アナウンサーから本格的なニュースデスクを担当するのは珍しいことだ。

誰にどの取材に行ってもらうか、45分のニュースワイドをどうやって構築するかから始まり、特集ネタが入っていない日には特にやりくりが苦しく、「枠が埋まらん！」「尺が足りん！」と言って叫んでいた。

記者やアナウンサーたちの原稿をチェックし、それに見合ったタイトル＝新聞でいうところの見出しを考え、当時は中身の字幕の発注もデスクが受け持っていた。

デスクの日は、早い日には朝7時台には出勤し、昼ニュースに向けての準備をしつつ、夕方ワイドの構成、ニュースの並び、それぞれのキャッチーなタイトル＝見出しを考える。予期せぬ事案が発生した場合、ニュース時間が迫ってくるともうイライラが爆発し、やたら吠えまくった。

アナウンサーとして何年も原稿を読んできたそのスキルを生かし、何とかこなしていたものの、基礎となる「記者経験」はなかったので、能力の限界を超える役目を仰せつかっていたと思う。

でも、能力の限界は自分で決めないこと、と過ぎ去った今は訴えたい。「自分には無理」「なんで私だけがこんな思いを?」などと、最初の頃はとがり過ぎて、気持ちを持っていく場もなく、それをお酒でなだめていた。ところが、環境が人を育てるというがそのとおりで、それなりの責任感が生まれ、逃げることで解決することだけは避けたいと思うようになる。

そうなると自分との闘いだから、何とかそんな中でもやりがいを見つけようと努力するようになる。このデスク経験がなければ、きっとぬるま湯だけを求める人間になっていたに違いない。

いろいろなことに挑戦しようなんて思わない、常に石橋を叩いて渡り、叩くだけで、何も行動しない人間で終わっていただろう。たぶん、私がその役割をやらせてもらえたのも、私だから乗り越えられる、病の時のようにまたも神様は試練を与えたのだと思う。

第1位「'98高知豪雨　台本なき終わりの見えない放送」

やはり第1位は、県都・高知市が水没してしまった'98高知豪雨。

これももう記憶が曖昧になりかけているくらい昔の出来事になりつつある。気象も予測技術が進み、今では線状降水帯の発生予想が県単位で発表されるようにもなり、集中豪雨に対しても一定備えができるようになった。が、この頃は「線状降水帯」という言葉もなく、'98豪雨の後の専門家への取材で、次々と雨雲が発生し長時間同じ場所を通っていった現象は「湿舌」という表現で解説された。

1998年9月、夜になって雷のピカッと光る間隔が尋常ではない。雨もまさにバケツの水をひっくり返したように降り続ける。「不気味」なほど、夜空が叫び声をあげている。大雨・洪水警報も出ていたので、夜ニュースを生対応するべく何人かの部員が残っていたり、一度帰っていた部員も出社したりしていた。

私は残り組の1人。だんだんただごとではない雰囲気となり、道路の冠水情報なども入り始め、深夜だったが特別枠でスタジオを開くことになった。

私と後輩の男性アナがとりあえずスタジオに入り、現状を伝えつつ外から入ってくる最新情報をコメント、高知市内の避難所開設場所といった情報などを日付が変わってもノンストップで伝え続けた。

雨は弱まることなく、結局高知市では3日間で年間平均雨量の3分の1の雨が降った。24時間雨量628・5ミリは観測史上最大となる。

高知市だけでなく、須崎市や香美市などでも時間雨量が100ミリを超える猛烈な雨を記録。

翌朝、ヘリからの映像は想像を絶する光景を映し出していた。

「県都水没」、翌朝もスタジオは開いたまま、私と後輩アナも交代せず状況を伝え続けた。深夜からだったので、コンタクトレンズが乾いて目がゴロゴロしてくる。

私にとって、緊張がゆるむことなのない24時間放送は初めての体験。放送人としての「使命」をこのとき痛感した。

「その時、テレビは何を伝えたか」災害など大きな事案があった後などに必ず、私たち自分たち自身も放送を検証しているが、視聴者の方々から厳しい声をいただくことがある。

いま、報道のフロアには大きな文字で「県民の生命を守るために」と掲げてある。批判の的になることも多いマスメディアではあるけれど、純粋に「人の命と財産を守るため」という信念を持って、任務を全うしている人が多いこともここで付け加えておきたい。

CHAPTER
3

ふるさとの記憶

おばあちゃんの匂い

和田家は、大川村との堺にある土佐町上津川という秘境の秘境で暮らしていて、私が2歳のとき、そこよりは少しお街の土佐町田井に引っ越してきた。そして両親は、京都に本社がある寝具の全国チェーン店の嶺北支部としてビジネスを始める。子どもながらに父も母も仕事の虫のように見えた。

私には兄が2人いて、3兄妹。ひばあちゃんが生きていた頃でいうと、4世代が一つ屋根の下で住んでいた。そんな多忙な両親のもとで、家族そろって夕食をとるなんてことは皆無。

私は兄が作ってくれるチャーハンやおばあちゃんが毎日のように作る「お煮しめ」（大根やじゃがいもなどを煮たもの）を好きな時間に食べて、家族団らんなどというものは全くなかった。

寂しかったかというと実はそうでもなくて、その分、おばあちゃん子、お兄ちゃん子で育ったので、何となく自立心の芽生えは早かったような気がする。

子どもの頃に十分な愛情を受けずに育つと、どこか斜めに人生を見てしまう人間になるなどという声もあるが、私の場合は片田舎で事業を立派に成功させている親の背中を見て育ったことが、後の自分の仕事人生にもプラスになっている面が多々あるから、感謝しかない。

思い返すと、「宿題しなさい」「勉強しなさい」といったことを一度も言われたことがない。いわゆる放任主義の典型。でも自ら、小学校高学年になったとき、塾に行かせてほしいと懇願。中学にあがってからも、部活のバレーと両輪で勉強も頑張ったという自負がある。

当時、私の部屋は2階の座敷の隣にあった。座敷には、和田家の先祖代々の写真が天井近くに飾られ、仏壇もあって近寄りがたく、厳かな場所だったので、襖一枚隔てた私の部屋にも若干、その空気が流れ込んでくる。

和室の6畳間に、勉強机と本棚、箪笥が置かれたごくごくシンプルなレイアウトだったが、座敷の隣とあってか、夜な夜な金縛りにあっていた。真夜中、急に体が動かなくなり息苦しくなって、解こうとあがくけど力めば力むほど固まってしまう。そうして戦ってようやく解けると、私は廊下を挟んだところにあるおばあちゃんの寝床にそっと入る。

結局、中学校までほぼ毎日、おばあちゃんに一緒に寝てもらっていた。祖母のどこか樟脳にも似た匂いが、安心の眠りへと誘ってくれていたことを今も覚えている。

祖母は102歳で旅立ったが、厳格でいつもきりっとしていて私にとっては母のような存在だった。祖母からはいろんなことを教わった。

「藪のなかには、蛇のなかでも恐ろしいハメがいるから注意すること」

「敦子が学校へ行けるのも、お父さん（祖母にとっては長男）のおかげであること」などなど。

いまも天国できっと見守ってくれていると思う。

「あんこ」と呼ばれて

高校3年間は、「あんこ」と呼ばれていた。

青々とした芝生が続く広場、東京ドーム9個分の自然豊かな広大な敷地のなかにはゴルフ場まである。それが千葉県柏市にある私の母校・麗澤高校。卒業生の中には、国民栄誉賞を受賞した車いすテニスの国枝慎吾さんも名を連ねる。中学まで高知県土佐町で過ごしていた私が、なぜ千葉に、しかも全寮制の学校を選んだのか。

麗澤高校はモラロジーという道徳教育を推進する学校で、私の兄2人も入学したということで感化されたのも大きい。そして一度学園を訪ねると、その環境の素晴らしさに魅了される。広い広い大学のような雰囲気の「キャンパス」。修学旅行以外、県外に出ることなどなかったような私が、迷わず千葉へ。

少女時代からの夢に少しでも近づけるかも、という淡い期待もあったことは確かだったが、全く新しい世界に身を置くスリリングな人生もまた良し、といった私の好奇心が、もう千葉へ行くことを決めていた。

男女共学で、男子寮と女子寮は小さな森を挟んで配置されていた。大きな声で窓から叫ぶと聞こえる距離。部屋長、部屋中、部屋っ子で一部屋が構成されていて、入学して先輩たちに挨拶したあと、まず呼び名が決まる。私は「あつこ」の名前をベースに、赤毛のアンが大好きだったので「あんこ」となった。卒業した今でも、同級生は私のことを「あんこ」と呼んでくれる。

緑いっぱいの学園は、透明な空気が漂っていて、そこかしこで、「おはようございます」「こんにちは」といった挨拶が聞こえてくるような、ひとつの王国のような感じ。学園の外に出ることはめったにないから、本当に私にとっての地球は「学園」だった。

午前6時起床。体操服に着替えて掃除をしたあと、グラウンドで朝礼。

朝はそこからスタートする。

「教場」と呼んでいた教室で勉強する時間や部活はなんら普通の高校と変わりないが、夕方はさらに慌ただしくなる。部活を終えて10分ほどでお風呂に入り、制服に着替えると、夕礼といって和室の部屋に集まり1日を反省する時間が設けられる。部活はテニス部で練習は結構ハードだったため、正座をするのがとてもきつかった。長いときは30分。姿勢が悪いと、後ろにいる先輩がすっと背中を指でなぞるようにして指摘。

夜は消灯まで自習時間があって、勉強に集中できないときは、そこでも私は詩を書いていた。時には、カセットテープで「ユーミン」を聞いたりもした。

集団生活は何かと窮屈になってくるのだが、女子寮の先輩たちは皆やさしくて後輩思いの人ばかり。規則を破るようなはみ出したことをする人は誰一人いなかったから、常に寮としての規律は守られていた。

そんな中でも寮生活に慣れてくると、「規則を破る快感」を、と私の本来の好奇心がうずうずしてくる。

今だから言えることを告白すると、高校生とはいえちょっとお酒にも興味が湧いてくるころ。

私は何とか寮のなかで飲めないものかと思案。そこで思いついたのが「料理酒」だ。日曜の昼食は、外に買い物に出て軽めのものを作ったりもしていたから、買い物に行ったときに料理酒を買って、料理にももちろん使うけれど残ったものを飲めるかもしれない……。

これは1人で実行するには難しく、同じ「部屋中《へやちゅう》」（2年生は部屋中と呼ばれていた）と共謀。こっそり見つからないように誰もいない部屋に行き、料理用のワインをいただくことができた。

恋愛はもちろん禁止ではなかった。私は当時、ひとつ上の先輩に憧れていた。その先輩は心のメッセージを歌にして音楽室でコンサートも開くようなシンガーソングライター。制服を着ていてもそれが制服に見えない。

ほかの生徒とは違って、少し着崩したような「こなれ感」があって、ちょい悪な大人の雰囲気を醸し出していた。恋心は日に日に大きくなっていって、私はそれが原因で成績がた落ち。先生に注意されるわ、テニス部の監督からもたるんでいるという理由で、一時、練習に参加させてもらえなかった。

世間から閉ざされた世界でうっかり恋をしてしまい、まわりが見えなくなっていたのだ。大人への階段をのぼり始める高校生。何も手につかなくなるくらいの恋をしたのは初めてだった。

50歳を超えたあたりから、この麗澤つながりは一層深いものになって、同窓会や懐かしの懇親会が頻繁に開かれるようになった。

全国から集まっているから、開催地は京都や名古屋など。学園に一度集まったときがあったが、一瞬であの頃の共同生活がよみがえった。

男子寮と女子寮のちょうど中間あたりに起床時間を知らせる鐘があって、そこは「打鐘」と呼ばれ、先生たちは知らなかったかもしれないが、夜、男子と女子が会えるのは、唯一打鐘の下だったから付き合っている男女はわずかな時間、そこで愛を囁いたりしていた。今のようにスマホもない時代、どうやって時間を合わせて会っていたのか……。

不便さのなかで見つけた自分たちだけの秘密の行動は今思い出しても甘く切なく、そしてとても尊いものだったと思う。

規則破りの斜めな話ばかり書いてしまったが、この3年間で人に感謝することや協調性の大切さ、日々、徳を積んでいくことなど、人として大切なことを学べた時間は今でも大きな財産となっている。

亡き父からの贈り物

手がふるえそうになるほどの緊張がふわりと解けた。まるで魔法のように。今でも、あの感覚を思い出すことがある。

父が降りてきた瞬間だった。「大丈夫、大丈夫」見えない力に動かされ、私はステージで10分間の朗読を無事終えることができた。アスリートが「ゾーンに入る」という感覚に近いものがあった。

私は3人兄妹の末っ子、3人目にして待望の女の子だったらしい。父は居間に陣取って、決まった時間から晩酌を始めると、私の名前を呼んではいつも膝に抱っこしてくれていた。

父の匂いというと、やはり日本酒の香りを思い出す。薄くなった髪の毛を気にしてか、家の中でもニット帽をかぶってご機嫌で、ひとり盃を傾ける父。ただ毎日お酒ばかり飲む父が嫌で、中学生になると次第に父から距離を置くようになっていった。いわゆる反抗期というもの。

父を尊敬する気持ちもありながら、酔った父を見るのが辛くてどう接していいかわからなくなっていた。その後、私は千葉県の全寮制の高校に進むことになったので、ますます親子の距離は遠ざかっていく。父と娘とはそういうものだ、と言い聞かせて過ごしてきた。

そんな父がこの世を旅立ったのは、２００９年秋のこと。長い間、会社近くの病院に入院していて、何度も顔を見には行っていたが、ついに力尽きて帰らぬ人となった。

父は星になっても私を守ってくれている、と感じたのが冒頭の朗読ステージ「ギターと朗読の夕べ」。美術館ホールでのステージは、私自身が企画したコンサートだった。

後輩アナウンサーと共に作り上げたこのステージ。会場は３００人ほどのお客さんで埋まっている。後に番組にすべく、何台かのカメラもスタンバイ。何日も準備を重ねてきて、いよいよ本番を迎えようとしている。

私が朗読するのは、「故郷」という高知出身のエッセイスト渡辺瑠海さんが書いてくれた詩だ。まさに、ふるさと・土佐町の自然豊かな情景とともに、幼い頃の父母の姿がよみがえってくるような素晴らしい表現の詩。それを、メジャーデビューして勢いのある高知出身のギターデュオ・当時の「いちむじん」とのギターの音色に合わせて、歌うように語る。

ステージ奥のスクリーンに四万十川の四季を記録したビューティーカットが厳かに流れ始め、ギターの調べが会場に響く。

少し間をとって、私の朗読が始まる。椅子に座ってはいるものの手が震えて仕方がない。10分近い朗読で、最初から緊張で意識さえもが朦朧としてくるなか、ふいに背中にやさしい風を感じた。

「いつものように練習どおりに……後悔ないように伝えること」

自分で言い聞かせたのか、なにか他の力が働いたのか、父の声だったのか。不思議と私は落ち着きを取り戻し、詩の世界に入っていけた。

後から考えると、あの突然降りてきた「やさしい風」と安心感は、半年前に亡くなった父の無言の支えだったと思う。そうでなければ、あんなにも後半、何かが乗り移ったかと思うくらいの語りへの集中力は現れなかったと思う。そう、父だったのだ。

反抗もし、会話も少なかった父と娘。

でも父は私を、宇宙のように広い心で、亡くなった後も包んでくれていた。

私は、大好きな故郷の風景と父の深い深い愛情を感じながら朗読を終えた。

このときの朗読は、系列局ＪＲＮ・ＪＮＮアナウンスコンテストの全国大会で優秀賞を頂いた。アナウンサーなら一度は手にしてみたい伝統ある憧れの賞だったから、結果を聞いて飛び上がるような気持ちだった。

これは全く想定外過ぎるストーリー。

アナウンサー生活において、最も嬉しい出来事だった。

父が残した宝物

「奥さめうらの里」

早明浦ダムを奥へ奥へと進んでいくと、土佐町上津川という山あいに茅葺きの家が見えてくる。さながら「ポツンと一軒家」のよう。

私が大学生の頃、父が憩いの場として作った。土佐町の中心部、田井地区に出てくる前に「和田家」が住んでいた場所。私は2歳頃まで暮らしていたらしいが、その記憶はない。

この「奥さめうらの里」について、当時、県が発行していた『とさのかぜ』という広報誌に文章を掲載してもらったことがある。

『とさのかぜ　酒の号』で、おなじみの日本酒「桂月」の酒蔵が土佐町。その土佐町の出身ということで、文章の依頼がきたのだ。ここからはその抜粋。

1998年発行と記されている。

冒頭は、日本酒の「桂月」と文豪・大町桂月の関係を書き、途中からは父の愛した茅葺きの家について続けている。

『お酒の進むシチュエーションというものがあるとしたなら、個人的にお薦めしたい場所がある。

とても手前みそで恐縮ではあるが、私の父親が復元した茅葺きの里だ。吉野川の上流、早明浦ダムの奥深くにひっそりと佇む、その名も「奥さめうらの里」「炭にするんじゃったら、樫の木が一番いこり方がえい」囲炉裏に向かい、炭をころがすようにしながら父が静かに語り始める。なるほど炭は、命を与えられたように赤く燃える。部屋の中も私の頬もほんのりと染まる。

隣家もない閉ざされた山里の夜は深い闇に包まれて、まるで宇宙に抱かれているような錯覚に陥る。

父が生まれ故郷の土佐町上津川に茅葺きの家と水車小屋を建てたのは、私が大学3年生の時。町の中心地、田井で新しい事業に無我夢中で取り組んできた父だが、ふとふるさとへの郷愁が募ったらしい。即断即決の父らしく、早速、町内で萱を集め昔懐かしい風景を蘇らせた。

……………途中抜き

障子窓を開けると、鋭角的な緑の山がまるで屛風絵のようにおさまる。自然そのものが絵画なのだから、部屋を飾るものは何もいらない。向かいの山にも手が届きそうなそんな風景に時間さえ忘れてしまう。外界の雑音のない世界で酌み交わすお酒は、都会の人にとってはこの上ない幸せらしい。しっかりと囲炉裏に身を預けている。

……………

奥さめうらの里は古き良き時代の匂いを瓶詰めしたような空間だ。父はすっかり山の主になってしまい、ますます街中の喧騒を嫌がるようになった、それはそれで父にとってはささやかな幸せなのだろう』

この『とさのかぜ』に掲載された私の文章を父が読んでくれたのかどうかもわからないが、私たち親子は、さほど会話という会話をせずにそれでもどこかで通じ合っていたのかもしれない。

父が残してくれた茅葺きの家は、いまも次男＝私の2番目の兄が「奥さめうらの里」として受け継ぎ、一日1組限定のお宿として県内外からのお客さまに山ならではのおもてなしをしている。

私も、何度も友人たちとともに山で夜を過ごした。

何カラットと表現する夜景の名所にも負けない星降る夜と今では珍しくなった茅葺きのレトロな光景、清らかで凛とした空気、瑞々しく輝いている草花たち。

それら全てをひとり占めできる贅沢な時間を過ごすことができる。

テレビもない、携帯電話も少々通じにくく、トイレもいったん外に出なければいけないし、冬でも給湯器がないので氷水のような冷たい水しか出ない。

近頃のボタンひとつでモノが動き、情報はすべてスマホの中にあるような時代にあって、ここだけは現代に置いてけぼりを食らったかのような心地よい「不便さ」を楽しむことができるのだ。

私たち世代は「昭和」が染みついているせいか、ここに来ると心が落ち着く。

父が残してくれた宝物は、今もそしてこれからもずっと多くの人の心を和ませてくれるに違いない。

ちょこっと「恋バナ」

やはり避けては通れない話、「恋バナ」。

やっと書く気持ちになった。どちらかといえば「惚れっぽい」のだけど、いざ恋が始まってみると「情熱」と「冷静」のオセロのような心もようが交差して、決して長続きはしなかった。

初恋は小学校5年生のとき。

活発で面白くてクラスのリーダー的な存在だったN君。田舎の川を挟んでお互いの家があるのだけど、その川に架かる橋を渡っていたとき、彼が追いかけてきて、「あっちゃん、これ5時になったら開けて読んで」と言って、小さな紙きれをもらった。

田舎では午後5時になると、時刻を知らせるサイレンが地区に鳴り響く。私はそのサイレンが鳴るのをじっと待って、5時になってからその小さな紙きれをそっと開いた。そこにはなんと、「君が好きだ」の文字……。

もうかれこれ半世紀前のことなのに、今だにそのことを覚えている。好きだったのは実は私のほうで、中学校になってもN君のことが気になって仕方なかった。両想いになったつもりでそうでなかったり。N君の態度もはっきりしなかったので、他の女の子とふざけあっているのを見ては、いつもやきもちを焼いていた。

あの頃、好きな人に手編みのマフラーをプレゼントするのが流行っていて、私も不器用なくせに、振り向いてほしい一心で夜な夜な編んでいた記憶がある。一度は、書き溜めた詩のノートをN君に「これ読んで」と渡したことがあったが、さすがにドン引きされてしまった。

私は常に「追いかける」ほうが好きで、どんどん攻めていくから、相手はどんどん冷めていったんだと思う。

大人になってからはというと、いくつか、いえ、いくつも恋をしてきた。ただ一緒に暮らした人は1人だけ。すでにマンションを購入していたのだが、その間、賃貸物件として貸し出し、私は会社から少し離れた高台にある一軒家に引っ越した。かなり勇気ある決断だったと思うが、そのときには「情熱」のオセロが占領しつつあるときで、勢いにまかせて飛び出した。

40代になっていた。もちろん実家にも来てもらって家族にも紹介したし、私もやっと「おひとりさま」から脱出か、と未来を描くのが楽しかった。

ところがその頃、私がずっと目指していた夕方ワイドのメインキャスターの役目がようやく舞い込んできて、仕事が超多忙に。

月曜から木曜まで夕方ニュースを担当し、金曜はニュースデスクか1週間のニュースをまとめるコーナーの編集のどちらかを任されていたので、帰りが深夜になることもしばしば。精神的にも全く余裕がなかった。

しかも、彼は脱サラして店の経営を始めていたので、帰宅するのは深夜どころか明け方近く。暮らし始めてすぐにすれ違いの毎日に。

「情熱」が占めていたオセロは、いつの間にか「冷静」に逆転され、私は現実的な思考しかできなくなり、結論は当に見えていた。しかし、それを先延ばし先延ばしにし、3年ほどたっただろうか。

オセロはすべて「冷静」にひっくり返っていて、私はその家を去り、自分のマンションに戻ることを選択した。「これからどうすべきか」など別れることを前提に話し合うのも辛すぎて、ほとんどお互い何も語ることなく、それぞれの道を進むことになった。音楽活動については後の章で詳しく語るが——

オリジナル曲のなかにほろ苦い経験が蘇る歌がある。

それが「窓辺」という曲。

窓辺

ふたり初めて買った　お気に入りのガーベラ
幸せそうに並んで　あなたを待っている
いくつもの季節が窓辺の花を変えて
頬杖ついてひとつ　ため息がこぼれた

揺れる心に目隠しをしてただけ
やっと気づいたさよなら
でも今も愛してる

好きだとその笑顔で　もう一度ささやいて
あなたの視線はいつも　遠くを見つめてた

揺れる心に目隠しをしてただけ
やっと気づいたさよなら
でも今も愛してる
移りゆく季節が　窓辺の風を変えて
見上げた空にひとつ　ため息がこぼれた

今でもまだ愛してる

もう愛は終わっているとわかっていながら、「心に目隠しをして過ごしていた」あの頃の自分を強烈に思い出してしまうので、練習のときから泣きながら歌っていた曲。でも今は、泣かずに歌える自信がある。

後悔して振り返る恋愛はなくて、オセロが「冷静」に支配されると、間違いなくその恋愛は「過去」となってゆく。冷たく聞こえるかもしれないが、そうじゃないと生きてゆけない。
　この関連で、もう一曲オリジナルで過去の恋愛を描いたのが「素顔のままで」。ひとつの恋に終止符を打ったあと、一歩前に踏み出そうとしている自分を描いた歌。

素顔のままで

どんなに深い哀しみも　色褪せてゆく
いつか優しい思い出にすりかえてゆく

名もない花が愛しいように
ただ澄んだ空が嬉しいように
小さな幸せ　陽だまりのよう
私を包んでくれる

ｓｔａｙ　ｗｉｔｈ　ｍｅ　そのぬくもりに
包まれていたい　ずっと
ｓｔａｙ　ｗｉｔｈ　ｍｅ　もう迷わない
素顔のままで

失くした愛も　あの日々も　後悔はない
新しいとき　この空に　明日を描く

ひとりじゃないよって教えてくれた
あなたの言葉信じてみたい
優しい笑顔は陽だまりのよう
私を包んでくれる

ｓｔａｙ　ｗｉｔｈ　ｍｅ　涙の雨も
やがて変わる　虹色に

ｓｔａｙ　ｗｉｔｈ　ｍｅ　もう迷わない
素顔のままで
ｓｔａｙ　ｗｉｔｈ　ｍｅ　ふたつの影が
並んで歩く　いつまでも
ｓｔａｙ　ｗｉｔｈ　ｍｅ　瞳を閉じて
素顔のままで

これも、練習中幾度となく泣いて歌えなくなっていた曲。歌詞は前向きなのに、あの頃の切ない思いが波打って脳が勝手に反応してしまう。

でも、歌詞にあるように「後悔はない」この先、また「恋バナ」として語れるような出会いがあるかどうか……。

それは神のみぞ知る。

お酒とわたし

お酒をこよなく愛する私にとって、伝えたいことがたくさんある。

初めて私がお酒と出会ったのは小学生のとき。家にあった焼酎漬けの梅が大好物だったのだ。子どもながら、少々アルコール分を感じつつ、壺から好きなだけ梅をつまんでは頬張っていた。多少の罪悪感があったのかもしれない。

両親は本当に寝具店の切り盛りで忙しかったので、学校から帰ると、1人「おやつ」として、手の届かない高い位置にある棚の下に椅子を持っていって、それに飛び乗って焼酎の香りのする特別な梅をゲットしていた。

小学生高学年になると、「ウイスキーボンボン」を好んで買うようになった。チョコの中におそらく本物のウイスキーが入っていたのではないだろうか。口に含んでチョコの甘さを少し味わったあと、そのチョコが口の中で割れてウイスキーがあふれ出る瞬間が大好きだった。このウイスキーボンボン、昭和のものかと思いきや、今もしっかりと売られているようで嬉しい。

ネットで検索すると、ウイスキーボンボン1個8グラムの中に約3％のアルコールを含んでいるそう。久しぶりに食べたくなってきた。そんな小学生だったから、当時、田舎でお正月に皿鉢料理を並べて宴会となると、率先して日本酒を飲ませてもらっていた。

私の家系はほぼ皆、お酒好き。なかでも父は毎日晩酌をしていたし、土佐町内のスナックへも足繁く通っていた。私は見事にそのDNAを受け継ぎ、厄介なことに受け継がなくてもいい「糖尿病」までセットでついてきた。それでもお酒をやめることは「生きるか死ぬかを選びなさい」と言われるくらい私にとってありえない選択。お酒は生きがいのランキングで上位に君臨する。

リフォームして家にバーカウンターを作ったくらいなのだ。ワイングラスもおしゃれに吊ってある。リフォームの話の回でそれについては詳しく触れることにするが、マンションの環境も「お酒が進みやすい空間」になっているというわけだ。家に真っすぐ帰るときは、もう玄関からリビングに向かいながら冷蔵庫の中の缶ビールを頭の中に描き、仕事モードを捨てると同時に冷蔵庫にまっしぐら。

私を待っていた缶ビールたちが、冷蔵庫を開けた瞬間、「私を見て！　私を選んで！」というオーラを放ち、私は素早く冷えた缶ビールを手にとって、「プシュッ」とそれはそれは華麗にオープン。秒でそれを口元に運び、無意識に左手を腰にしつつ、ぐびぐびと流し込む。いつものルーティーンだ。いつも美味しい、どんな精神状態であっても裏切らない旨さがそこにある。そこからゆっくりと夕食の準備に入る、というのがおうちパターン。

外で飲む際にも私なりの「流儀」がある。

まずは「とりあえずビール」だろう。これは至って庶民的選択。「とりあえず生ビールで」こちらも結構、秒クラスの速さでグラスは空になる。さあ、お次は？

ここからは、私個人の理想的注文の仕方になってくるので参考程度に。

生ビールのあとは決まってハイボール。飲みながらあまり食さないほうなので、いったん飲みモードに入ると順序だてて杯を重ねてゆく。ハイボールを1、2杯流し込んだ後は、料理に合わせて赤か白のワイン。このとき、メンバーによってはボトルで注文。あまりガンガン飲まないメンバーのときにはグラスワインをいただく。この時点でほろ酔い気分。

さらに会話も料理も進んで込み入った話で盛り上がったりする頃には、私の場合、あくまでも私の場合、頭を再度覚醒させるために「戻りビール」を敢行する。そう、合い間にビールを挟むという癖があるのだ。

「なに、その飲み方」と少々ドン引きされるケースもなくはない。それでも私は私の流儀を貫く。戻りビールのあと、調子のいい時には日本酒か焼酎ロックを挟み、それから帰り際、「フィニッシュビール」で締める。ちなみに、戻りビールにお薦めなのが黒ビール。フィニッシュビールには多少酔い覚めにもいいのかもしれない軽めの「コロナビール」はいかがだろうか。

こうして、おまちの夜が更けていく。

きょうも「お疲れ生」（CMからいただき！）ビールで始まり、ビールで終わる。美しきアルコールリレー。ただ、数々のお酒の失敗もあって、恥ずかしくてとてもここには書けないことも多く……。

ひとつ言えることとは、記憶が飛ぶことはもう日常茶飯事になってきた。歳とともにお酒も弱くなってくるもので……。マンションの自分の階を間違えてしまって、「あっ、私の部屋はもう一階上だった」と気づいて、逃げるようにその場を去ることも。本当にごめんなさい。常に反省。

こんなこともあった。気分良く飲んで自宅にたどり着いたのはいいが、「鍵がない」。バッグの底にも内ポケットを探ってもない。仕方なくその日は会社で不安な夜を過ごした。翌日明るくなって、緊急対応してくれる鍵屋さんに鍵を新しく作ってもらって一件落着。

ところが、ずっと後になってから、そう1年は経過していたと思う。バッグも季節で変えているから、夏用の白いバッグを久しぶりに使ってみようと思い立ち、バッグを逆さにして残っているものをチェックしたところ、床に銀色の金属製のものが。部屋の鍵は実はそのバッグの中に潜んでいたのだ。なんであの時出てきてくれなかったのか。大騒動して会社に一泊したあの時間は何だったのか。

こんなのは序の口でまだまだあるのだけど、お酒の失敗についてはまた次の機会に。

我が「お城」へようこそ！

みなさんは衣食住の何を最優先しているだろうか？

私は、衣も食（飲）も住も今はとても大事だが、ちょっと前まで「住」への意識が足りていなかった。

ところが、「住」をないがしろにしていては日常が輝かないということに50代になって気づいた。

私がこの分譲マンションを購入したのは31歳のとき。当時、低価格マンションとして高知市内に何棟かが建ち、経済ネタとして取材をさせてもらった。そのマンションをタイミングもあって購入することとなった。30代のおひとりさまが家を持つなんて……。

最初は、このまま賃貸で気楽に生きようと思っていたのだが、会社の先輩から「それは捨て銭になるから、今のうちに買ったほうがいいよ」と言われ、迷ったあげく、人生で最も高額な買い物をすることになった。

しかも、勤めている会社の超、超、ご近所。玄関のドアを開けると、そびえたつ我が会社がどーんと目に飛び込んでくる距離。これじゃあ心が休まらないのでは？とも思ったが、もうすでに魂を会社に捧げていた私、有事の際にいち早く駆け付けることができるし、車の運転ができない私には理想的な場所なのではないかとここに住むことを決意した。

私にとっては「お城」のようなもの。35年という気が遠くなるようなローンを組み、毎月きちんと返済。自分の財産の一部だと思うと、家を持ったことで真の社会人になれた気がした。

いわゆる4LDKで、リビングダイニングに洋室2つ和室1つという間取り。リビング南の窓がとても広くとってあり、それに面したベランダもゆったりしたスペース。

ところが何年かすると、そんな持ち家にも飽きがくる。次第にそこかしこが古くなり新鮮さが消えてしまった部屋は、ただの箱のような存在になっていく。私は仕事から真っすぐ帰ることができなくなり、職場→居酒屋→おうち、といったん、居酒屋で「仕事スイッチ」をオフにし、クールダウンしてから家に帰るようになった。それが1週間のうちに2日になり3日になり……と増えていく。まっすぐ家に帰るほうが珍しくなっていって、どんどん「飲み代」がかさんでいく、悪いパターンにはまっていった。

50代、これではいけないとさすがに気づき始めた。健康にも良くない。私は「帰りたくなる家」プロジェクトをひとり立ち上げ、知人の建設会社社長に「リフォーム」を相談。私にとってさほど痛みを伴わない範囲の費用で、「おうち大改造」を決行した。

最もこれまでと変わるのは、リビングと隣り合わせていた和室をなくすこと。これでリビングが劇的に開放的になり、おひとりさまにはもったいないような部屋に生まれ変わった。

そしてリビングのもうひとつの目玉は、外に飲みに行きたい気持ちを封じ込めるべく家でバー気分が味わえるよう小さなカウンターを設置。その上には、これまたほろ酔い気分をそそるワイングラスホルダーを。さらにワイングラスがほのかな灯りに照らされるよう照明にもこだわった。

壁紙も全面的に新しくして、メインの壁はレンガ風に。ちょっとカジュアルな雰囲気を醸し出してくれている。

和室のあった場所は、一段床を高くしてギャラリーのような書斎へと生まれ変わった。押し入れもポップな壁紙を貼ることでアクセントになっている。予想以上の住空間が生まれ、ワクワクが止まらなかった。新しいマンションをまた買ったかのような高揚感。これで外食は確実に減る。

リフォームは順調に進み、洋室の一部屋は完全にクローゼットに。洋服をかけるバーをいくつも設置し、小物を置く棚なども完成。収納しやすくなった。和室においていたベッドはもうひとつの洋室へ。

寝室は、南海トラフ地震のことも考えて本棚などの背の高い家具は排除し、シンプルにベッドと背の低い箪笥のみを配置した。リビングは、惚れ惚れするくらいトレンディドラマに出てくる部屋のごとくおしゃれに。

そして、それなりにお金をかけただけあって、完成後、私の繁華街パトロールの回数はぐっと減った。リフォーム費用は飲み代が激減したことでおそらく3年ほどで取り戻せているはず。

衣食住の「住」環境の大切さを改めて感じる。ベランダにはウッドデッキパネルを敷き詰め、リビングからそのまま裸足で行けるようにして、プランターに季節の花を植えた。夏の夜にはベランダでワインを飲むことだってできる。

リフォームしてからもう随分経つが、「終の棲家はここ」と言えるくらい「我がお城」となっている。

この環境のもとでないと本を執筆などという発想も生まれてなかったかもしれない。今夜はハイボールやビールをいただきながら、ダイニングテーブルに陣取って時折、部屋を眺めながら筆を進めている。

借金してでも

断捨離と決めた日。その多くは私の場合、洋服である。訳あってお金がなかった時代、普段着は「ユニクロ」一色だった。好きな洋服を買えなかった我慢の時代があったからか、そこから解き放たれてからは、「我慢」はタンポポのように風に乗って飛んでいった。

もう「我慢」は嫌だ。私は私の好きな服を着て、街を闊歩するのだ。足元まで気を配って、そう靴もバッグも完璧に全身コーディネートして自信を持って歩きたい。

40代半ばごろから思い切りおしゃれを楽しむようになった。大好きなブランドがあって、休みのたびに「おまちショッピング」に出かけ、いつしか私はそのブランドのトップの常連客になった模様。お店に顔を出して何も買わずに帰った記憶はあまりない。そのお店のメインターゲットはおそらく30代から50代。

40代の私の路線は「大人可愛い」。季節を問わず、ビタミンカラーのオレンジやイエロー、グリーンを基調にその年の流行も取り入れつつ、「大人可愛い」を追求していった。

1回で1カ月の給料に近い金額を買い込んでしまうことも……。衣食住のなかで「衣」にかけるお金が跳ね上がっていった。でも、朝起きて迷うくらい洋服があるという環境がどれだけ素敵なことか。

夜、寝る前に、明日はこれを着ようとワクワクする感じ。わかっていただけるだろうか？

洋服ばかり買っていると、結局、それに合う靴も必要だからますます出費はかさんでいく。うまくローンを組んで切り抜けていくしかなかったけど後悔はない。

好きな洋服を着ているととても気分がいい。はりきって仕事もできるし、「和田さん、いつも素敵なお洋服着てますね」などと声をかけられると、本当にうれしい。トイレに行って何度も鏡を見たり……。

そんな「借金してでも好きな洋服に身を包んでいたい」という独身貴族を満

喫していた私だったが、ある時期からまたファッションに対する考え方が変わった。それもきっかけは「定年」。

定年を迎える少し前から、このままの金銭感覚ではとても60代を乗り切ることはできないと思うようになった。そこにきてネットショッピングが台頭。価格も手頃なものを選べて、満足度が仮に8割でも「安ければOK」で、すっかり行きつけの「おまちのブランドの店」から足が遠のいてしまった。加えて、ご近所にはあの「しまむら」もあって、時々掘り出しものに出会う。私が担当しているトーク番組「ここだけのはなし。」も衣装は自前。年の終わりにこれまでの放送分をハイライトのようにして編集することもあって、同じ衣装を着ないようにしているから、結構、コンスタントに洋服を買わなければいけない。「しまむら」でスペシャルな出会いがあると、それはとてもラッキー。去年などは、トップスがなんと990円。スカートはネットでといった組み合わせでしのいだりもした。でも、価格以上の質に見える洋服も結構あって、会社で、「これ、いくらに見える?」と聞くと、一桁違う金額を言ってくれることもあるから、それもまた嬉しくて「しまむら」には季節ごとに足を運んでいる。

60代のファッションについてはお手本にしている方がいて、トーク番組にも出演していただいたが60歳を超えてユーチューバーになったMｉｍｉさん。彼女は「ユニクロ」や「しまむら」で買った洋服をかっこよくコーディネートして動画配信し、同世代から支持を得ている。

60代のファッションは60代の生き方にも通じるものがある。肩の力を抜いて自分らしさを追い求めていく。高額なセレブの匂いぷんぷんするファッションではなく、自分の生き方にあったものを背伸びせずに身にまとう。ファッションでその人の生き方が垣間見えるということもあるかもしれない。

だんだんいろいろなしがらみや心の葛藤がほどけていって、体を締め付けたりちょっと無理して若見えを試みたりではなく、自分にとって心地よい服、気持ちが明るくなる服であればそれでいい。高いも安いもない。

ファッションはその人の一種、主張でもある。昔の私は、本当に人の目ばかりを気にしていて、ファッションも奇抜なデザインのものを急に着てみたり、似合わない色にあえてチャレンジしてみたり、心にブレがあった。今はそうではない。

やっと自分に似合うものの選別ができるようになった。心の成長とともにファッションも変わってくる。時には一斉断捨離日を設けて、色褪せて袖を通すことのなくなった服は迷わずに捨てている。「断捨離」も前に進む一歩につながる。いらないものばかりに囲まれて暮らしていると、気持ちまでどこかざわついてしまって文章を書く気にもならない。すっきり断捨離をした日からは、ずっと家に引きこもっていても気分が暗くならない。

ある日のこと、高知で長く帽子デザイナーとして活動していて今は鎌倉に拠点を移した方が、久しぶりに高知で作品展を開いているというので、のぞいてみた。

彼女は私よりも少し年上。素敵に歳を重ねていることが、作品や彼女自身の表情からも伺える。私は、お気に入りのピンクのストライプのシャツワンピースにアイボリーのサンダルを履いていった。久しぶりの再会なので一番好きな洋服を着ていこうと朝から決めていた。

会場は最終日とあって多くの女性が訪れていて、目を輝かせながら鏡の前で帽子をかぶっては悩み、また次の帽子を手に取っては嬉しそうに「どれにしようかしら」と迷っていた。

私も、黒いベレー帽風の作品を勧められたが、執筆の旅をイメージして少しカジュアルな薄紫色の帽子を選んだ。「きっと私はこの帽子に合う服をまた買うだろうな……」と思いながら。それでも、久々の再会で彼女の意欲あふれる作品に触れることができたのだから、これまた後悔はない。

勢いあまって、去年サンダルを色違いで2足買ってしまった靴屋さんで、ひとめぼれしてまた新しい黒いレース仕様のサンダルまで買ってしまった。そうなると止まらなくなるもので……。でも、その帽子デビューの日が待ち遠しくてたまらない。

帽子デザイナーの彼女はまだまだ精力的に制作を続け、鎌倉の地で充実した暮らしを送るのだろうなと思うと、自分まで心が軽くなった。私も好きなものに囲まれて、そのときの気分を大切にしながらファッションを楽しんでいこうと思う。

買い物かごの攻防

勤めている会社はマンションからママチャリでわずか5分。5分といってもただの5分ではない。マンションの玄関ドアを開け、1階に下りて自転車置き場へ。チャリに乗って人1人が通れるくらいの狭い路地を通り、信号なしで会社へ。エレベーターで4階報道フロアの自席に到着するまでが、わずか5分で完了するという便利さ。

31歳のときに購入した分譲マンションは通勤の便利さも100点だけど、ペーパードライバーの私にとってはコンパクトな生活エリアになっていて、非常にありがたい。マンションを中心にスーパーマーケット、ドラッグストア、時々のぞく安めのファッションセンターもあってJR高知駅にも近い。そこにチャリを置いて、電車で乗り換えなしでヴォーカルレッスンのスタジオにも行ける。

さらに、コンタクトレンズを使っているので、眼科、さらには歯科医院、生活習慣病をもっているので、かかりつけの内科、歳をとって病院通いになっても困らない距離にすべてが揃っている。私の終の棲家はこのマンションと決めている。

会社帰りに寄れるスーパーマーケットは、太陽市といって生産者の顔が見える野菜市が人気。このスーパーマーケットができて生活が変わった。昼もここでお弁当を買うなど昼夜お世話になっている。ただひとつ、会社に近いということもあり、同僚や後輩、上司にバッタリ会ってしまうことがあるのがあえて挙げるとすれば難点。確率的には結構多い。その緊張感があるのでかごの中には「ちゃんと料理してます」風な食材を入れておかなければならない。

ある日お酒が切れていて、食材よりもビールやワインといったアルコール類を山のように入れていて、「これで誰かに会ったらやばい……」とドキドキしたこともある。

スーパーは、入ってすぐ左に野菜コーナーがある。野菜通りを進み、突き当たりを右に行くと魚、肉が並ぶ。野菜通りで知り合いに会うと、買う予定がなくても「料理してます見せかけ」で、すぐさま「長ネギ」を手にとるようにしている。

長ネギは取りやすいこともあるが、かごに入れた時の横たわった感じがちょうどいい存在感を醸し出す。1人鍋必須の食材でもあるので、買っておいて無駄はない。見栄を張る道具に使って申し訳ないと思うが頼りになる食材だ。

みんなきっと同じ気持ちだろうから、知り合いを見つけたときでも私は積極的に声はかけないようにし、いつもの「野菜通り」から魚、肉のルートを変更して別の通りに潜り込み、会わないようにするときもある。もし会ったとしても、相手のかごの中を覗き込んだりしないように、視線はその人の顔一点だけに向けるようにしている。それは、「私のかごの中も見ないで！」という無言の圧力でもある。

食べるということは毎日のことなので、結構1人でも大変。若い頃は会社→居酒屋→自宅と仕事モードをいったん、居酒屋でオフにしたあと帰るようにしていて、週に3日か4日はそんな生活だったから毎月赤字。住宅ローンもあるので、私の辞書に「貯金」という言葉はないくらい支出の鬼だった。

先のことをそれほど考えていなかったので金銭感覚はちょっとおかしくなっ

ていたかもしれない。

銀行カードはいつもマイナス。ボーナス月にやっと解消される。そしてまた赤字。半年後のボーナスでまた通常運行に。その繰り返しだった。

そして今夜も一人鍋。60歳になってようやく金銭感覚がまともになり貯蓄や倹約といった言葉が私の辞書にも加わった。スーパーマーケットは私の大事な台所。最近では、少々かごの中を見られても大丈夫なくらい野菜や肉、バランスのいい買い物ができている。

CHAPTER

4

人生に彩りを

多島美に魅せられた「素っぴん旅」

海に浮かぶ島々が見渡せるホテルで朝を迎えた。

東の海の向こうにオレンジ色の朝焼けがうっすらと見え始め、穏やかな瀬戸内の海を大小さまざまな船がもうこの時間から航行している。人が動き始める随分前から海が営みを始めている。ここは高知から列車で約2時間。瀬戸大橋が望める児島。鷲羽山ハイランドを少し登ったところにあるホテル。

執筆の旅、第一弾は道後温泉一日6組限定の高級宿。第二弾は書くことを優先し、比較的近場で海が眺められるところと条件を絞った末ここに決めた。初日は移動と少しの観光できっと夕暮れ近くになり、パソコンに向かうのは難しいと思ったので、今回は3連休のうち2泊ここでゆっくりと過ごすことにした。

四国と本州を結ぶ瀬戸大橋は入社3年目の昭和63年に開通した。その前の年、入社2年目の昭和62年に高知県で初めてとなる高速道・南国～大豊間21キロが完成、平成4年には大豊から川之江まで延伸、四国と本州が高速道路1本で結ばれ、人やモノの流れが一気に変わった。

私たちテレビも、川之江まで開通したときには特別番組を放送。私はヘリからのリポートを担当。雲りがちの天気で、空からセレモニーの様子も伝えようとしたが、雲の合い間から川之江ジャンクションがちらりとのぞく程度だったのが心残りだったのを覚えている。

瀬戸大橋というと、橋がつながったことで消えていったものがある。「宇高連絡船」だ。私は高校時代を千葉県で過ごしたので、いつも帰省のときに利用していて愛着があった。

「連絡船」という演歌のような響きと、船の上でいただくシンプルなうどんが美味しかったことが舌の記憶として刻まれている。高松に着くと、乗り継ぎの列車の出発までわずかな時間しかないから、大きな荷物を抱え走ってホームに向かっていた。しかも制服姿だったから、どこか家出少女のように見えたかもしれない。確か船にはジュークボックスもあった。

自動販売機の一種で、ボックス内に収容しているたくさんのシングルレコードの中から好きな曲を選んで聴ける。1曲100円くらいだっただろうか……。宇高連絡船というとうどんを懐かしむ人が多いのだが、なぜか私はジュークボックスが珍しくて、ふっと蘇ってくる。そんな昔を懐かしんでいると、島々の見えるホテルですぐに時間が過ぎてゆく。

一瞬、我に返ると、現代の技術の粋を集めた巨大アートのような瀬戸大橋が現実に引き戻してくれる。夜はライトアップしていて、宵闇にそのシルエットが浮かび上がる。橋を渡る車の光の帯もイルミネーションに同化して、より美しさを添えている。橋のまわりにはいくつもの島がある。このあたりでは「多島美」と表現するらしい。

今回の旅は、レストランからお風呂から終始、島と橋を眺めて終わった感があるが、一歩四国を出たことで2泊3日、俯瞰で自分を見つめなおすことができたように思う。

執筆の成果はさておき、おひとりさまの旅の楽しさ気楽さを改めて実感。とことん自分に向き合うには、やはり旅は捨てがたい。

音符が踊る日々

還暦を迎えた２０２３年5月28日。

私は、夢と現実を行ったり来たりするようなフワフワした気持ちでステージ横の楽屋にいた。

なにか言葉を発していないと壊れそうなくらい、これ以上ないという緊張の中にいた。

高知市栈橋通にあるライブホール・ベイファイブスクウェアの「オオバコ」と呼ばれる大ホールに、早い時間から多くの人が来てくれていた。これは、還暦のビッグプレゼント！　私にはもったいないくらいの奇跡の物語だ。

前の章で少々重たい私のちょっとした闇の部分をさらけ出すこととなったのだけど、私のまわりにいる人たちは私のことを「根っから明るい人」とレッテルを貼ってる。私自身は「闇」をあえて武器にしてしまおうと画策するときもあったりするのだけれど、たぶん関わってきたすべての人に見抜かれている、本来ネアカな性格らしい。辛いことは多々あったけど、結局は乗り越え、うつとうしいくらい自分っぽく生きてきている。

何より私を支えてくれたのが音楽。

聴いて楽しむ音楽、歌って楽しむ、楽器を奏でて楽しむ音楽、推しを追っかけて楽しむ音楽、いろいろあれど……私の場合はオリジナル曲を持つことができた幸せなヴォーカリストだ。

そもそもの始まりは、アラフィフと呼ばれ始めた頃。バンド結成へ。その名も「松和田バンド」。

私が大の松田聖子ファンで、カラオケでよく物まねをしていたことから、バンド結成時も赤いスイートピーはじめ、演奏曲が聖子一色に。ということで、松田聖子の松田と和田敦子の和田をミックスして「松和田バンド」と命名された。

元々は友達が開いたライブに「赤いスイートピー」でゲスト出演したことがきっかけ。そこから、スポットライトを浴びることの気持ちよさが癖になり、気がつけば、ドラム、ベース、ギター、キーボードと音楽仲間が集まり、バンド結成が実現したのだ。

松和田バンド活動は、さながら大人の部活。本番と同じくらい練習が楽しくて仕方ない。バラバラに散っていく音符たちが、練習を重ねていくうちにリズムに乗ってひとつになってゆく。カラオケで歌うのとは大違いで、生の演奏の集合体はとてつもなくハッピーオーラが出まくる。

2012年10月14日。

ついに松和田バンド結成、お披露目ワンマンライブの日が来た。会場は駅の南の電車通り沿いにあるバー。初ライブがワンマンライブなんて、もう緊張を楽しむしかない。

松田聖子、ユーミンの曲をセットリストに、なんと2回公演。1回25人ほどのお客さんで、入れ替えで50人目標。おかげさまで2回公演は満員御礼。このとき私49歳。まさにアラフィフの無謀とも思える挑戦だった。

ワンマンライブは大成功?に終わり、松和田バンドはしばらくしていったん解散。次なるバンドは、ダブルあっちゃんバンド。現れた音楽の救世主はなんと偶然にも同じ名前の「敦子さん」。ＳＮＳで私の活動を知ってくれていた。

その「敦子さん」はピアノの先生で、息子さんも世界的ピアニストを目指して勉強している。ダブル敦子は松田聖子大好き。

練習スタジオを借りて、初めて「敦子さん」のピアノで全聖子曲を歌いまくったのがこれまた楽しかった。

意気投合し、音楽人生第二幕の「ダブルあっちゃんバンド」が新メンバーで結成されることとなったのだ。

「ダブルあっちゃんバンド」では、ステージでロングドレスを着るようになった。これも聖子のイメージ。

当時、近所にステージ衣装専門のドレスショップがあって、ライブの前には必ずドレスを新着するというポリシーのもと、足繁く通った。それも1万円前後とリーズナブルだったので、私のクローゼットは赤、白、オレンジと「お花畑」のようにカラフルなドレスが日ごとに増えていった。

ライブ数もどんどん増えていった。ある医療機関の親睦会に呼ばれたときには、ホテルで控室もあり豪華なお弁当までついていたから、アマチュアバンドとはいえ、ちょっと調子に乗りかけていたかもしれない。

ダブルあっちゃんバンドはメンバーも増えていき、最終的にはヴォーカル2人、ピアノ2人に、ベース、ドラム、ギターと7人編成になっていく。もう1人のヴォーカルはS君。S君はそれぞれの曲に見事なハモリを入れてくれ、ギターもピアノもできるしオリジナル曲も持っているという実力派。そんなS君の歌唱力にも助けられ、ダブルあっちゃんバンドは成長していった……はず。

仕事と音楽。

音楽活動は私の栄養となって、まさに「生きている」実感を与えてくれた。頑張っていると人は運を引き寄せるらしい。このあと、予想もしなかった展開に……。ついに運命の出会いが待っていたのだ。

運命の出会い

お花畑のようなドレスに身を包み、聖子やユーミンを歌い少々調子に乗っていたころ。メンバーの1人、ベースのトニー（なぜか日本人なのにこう呼ばれていた）から「あっちゃん、歌、1回みてもらったら？」と声をかけられる。

確かに私の歌は松田聖子の物まねが原点で、自己流も自己流。楽器店が開いているヴォーカル教室に通ったこともあったが、具体的なライブでの歌い方には繋がっていない。

バンド活動を始めて3年。歌のレベルアップは必要と思った私は、少々重い腰をあげてその音楽塾の門をくぐった。

初めて訪れたその「音楽塾」は、マンション1階のテナントの一角。以前は飲食店だったということで名残りのカウンターが設置されていたが、まるでライブハウスのような雰囲気。キーボードを囲むようにさまざまな音楽機材があって、スタンドマイクが置いてある。

こわごわ入っていくと、キーボードの前にいかにも音楽関係者といった風貌の男性が座っていた。オーラが突き刺さってくる。

その男性が「音楽塾」主宰の安岡孝章さんだった。ダブルあっちゃんバンドが町なかを流れる川沿いの小さなライブハウスで演奏したときも客席でひと際目立っていて、初めて会ったわけではなかったが私の中ではちょっと近寄りがたい存在の人だった。

このお試し訪問が後に私の人生を大きく変えることになるとはその時は想像もしていなかった。ここから本当の意味で、私の「音楽人生」が幕を開けたといっても過言ではない。

安岡孝章さん。

高校生のときにすでに才能を開花させ、第15回ポピュラーソングコンテスト、いわゆる「ポプコンつま恋本選会」で入賞。

この年の入賞者にはあの長渕剛、優秀曲賞には佐野元春といった後の有名アーティストも名を連ねる。

安岡さんは１９８５年「アイリーン・フォーリーン」のリーダーとしてメ

ジャーデビュー。ＴＢＳドラマの主題歌「スローなＤａｎｃｅは踊れない」の作詞・作曲をはじめ、中森明菜らにも楽曲提供しているというプロ中のプロ。「スローな……」は今、お笑いタレントのフットボールアワー・後藤輝基がカバーしていることでも注目されている。安岡さんは帰郷してから「サスガミュージック」という音楽塾を開き、アーティストの育成、楽曲制作などを手掛けていた。

ベースのトニーの付き添いで実現した初レッスン。緊張でほとんど覚えていないのだが、松田聖子の「スイートメモリーズ」を課題曲に始まる。

安岡さんはおもむろに「じゃあ、ウィスパーで歌ってみて」。初めて聞く「ウィスパー」という言葉。なにそれ？　ウイスキー？　アルコールみたいな響き。ヴォーカルの世界では当たり前の声の出し方のひとつで、「ささやき声」のような音、でもしっかりと声帯はふるわせて歌う。

アナウンサーでいうところの腹式呼吸をしたうえで出さないといけないから、結構つらい。たぶん表現の幅を広げるということだったかと思う。自分流の歌い方はプロの前では通用しない。今まで経験したことのない練習法が新鮮で、私はまた次のステップへ進むために歌を学びたいという意欲が沸々と湧いてきた。

こうして、私はいつしか「サスガミュージック」の弟子としてまた新たな音楽人生の1ページを開くことになった。

2016年2月には、アイリーン・フォーリーン結成30周年記念ライブにもゲスト出演。恐れ多くもこのライブでは安岡さんのオリジナル曲を2曲歌わせていただくというド緊張マックス状態でのステージ。

300人ほどの観客が詰めかける中でガチガチのステージ。今思うと恥ずかしいくらい本番の経験値が足りなかった。安岡さんのバンドメンバーによる演奏でのライブはこのときとその年の5月、本格ライブホール・ベイファイブ・スクウェアでのライブへと続き、夢のような時間が過ぎていったが、そのときもメイン曲は松田聖子。

なかなか次のステップへとはならなかった。でも、「聖子封印」「次のステージへ」それは思ったより早く訪れた。

2017年2月ごろだったかと思う。安岡さんから、

「そろそろ、あっちゃんもオリジナルやってみたら」

「オ・リ・ジ・ナ・ル」

まるで本物アーティストみたいで、なんとキラキラした言葉だろうか。

サスガミュージックでは、当時、２人のお弟子さんがすでにオリジナルＣＤを制作していた。それに続けというのだが、作曲などしたこともない。

躊躇していたが、曲は安岡さんやサスガメンバーから提供してもらい、作詞だけを担当して仕上げることで話が進んでいった。オリジナルの制作は当然形としてＣＤになる。私の人生の辞書に「ＣＤ」などという言葉はなく、それは描いたことのない遠い夢の世界だった。

そんな人生初のアルバムは11曲を収めて、２０１７年12月３日発売と決定。初めてづくしの大チャレンジ。私の人生のキャンバスに何やら今までなかった色が重ねられた。私の心も追いつかないまま人生が変わろうとしていた。

その日から、家では毎日のように（飲み会がない日は）頂いた曲を聴きながら歌詞をのせていくという「生みの苦しみ」が。作詞というと、小さいころから想像の世界で文章を書いたり、中学・高校時代は授業中に暇になるとノートにせつない恋心を募らせた詩などをこっそり書いていたので、「久しぶり」の感覚で音符に言葉を重ねていった。

　曲先行なので、これはいい表現と思っても音符におさまらなかったり妙にシチュエーションのつじつまが合わなかったりする。ネット検索すると、作詞のコツは「映像が浮かぶような表現」とあって、パッチワークのように言葉遊びをするもしっくりいかず、何も生まれず終わってしまう夜が続く。

　ところが、サスガミュージックのメンバーが口を揃えて安岡さんの才能を表現する言葉がある。そう、それは「安岡マジック」なるもの。

　曲も詞もこのマジックにかかると「これヒット曲？　超いい！」あんなに夜な夜な考え迷った言葉たちは、たちまち生きた言葉となり5分間のストーリーとして光を放つようになるのだ。

　オリジナル制作中のある日のサスガレッスンスタジオをドラマの台本のように再現してみよう！

安岡先生　　いかん、これやったらストーリーが曖昧になる。

こっちとこっちを逆にしてみたら？

生徒・和田　あー、確かにそうですね……

安岡先生　ちょっと貸して（和田のペンをとってしばらく考えこむ）

生徒・和田　はい。（無言で安岡先生を見守る）

安岡先生　んー……着地が……。

生徒・和田　（ずっと無言で時を待つ）

安岡先生　これよ、これこれ。これでいい感じになる！

生徒・和田　あー、確かに。よくなりましたね。これ頂きます！

ちゃっかり頂いてしまう、というこずるい生徒。でもその「安岡マジック」が出まくったおかげで、11曲の形が見え始めた。サスガの先輩たちも曲を提供してくれて、作詞も、3曲は以前に朗読コンサートの作詩でも協力していただいた高知出身のエッセイスト・渡辺瑠海さんにお願いし、いきなり初アルバムという無謀にも思える挑戦は制作から録音の段階へと入っていく。

録音、いわゆるこれも人生初の「レコーディング」。レコーディングはサスガスタジオで行われた。初めてのレコーディングは「窓辺」という数少ないバラード。

歌のサビは、

「揺れる心に　目隠しをしてただけ
やっと気づいた　さよなら
でも今も愛してる」

一緒に過ごしているけどきっと別れたほうが2人のため、その気持ちを日々ごまかしながら過ごすも別れを決意。それでも本当は今もどこかで愛する気持ちが残っているという複雑な気持ちを歌っているのだけど……。

安岡さんが私をプロデュースするにあたって、

「あなたはどっちかいうたら暗い歌は似合わんき、みんなを明るく元気にする歌のほうが伝わる」ということを強調していた。

「私、実は暗い人間ですよ。バラードも大好き」とアピールするのだが、すぐに打ち消されてしまう。

安岡さんはお見通しだったのだ。それまでにもそれぞれの個性を引き出すべくプロデュースしてきているから本質を見抜かれていた。

11曲中バラードはこの「窓辺」と最後の曲「素顔のままで」の2曲。

いまもライブではめったにバラードは歌わない。

「明るく前に歩いていこう」「笑顔の花を咲かそう」といったトーンのセットリストが中心。

見抜かれている理由がもうひとつあった。2017年10月ごろから作詞も固まり、いざレコーディングの日々が始まった。曲をCDに録音してもらって家で練習を重ねたあとレコーディング。これがピーク時は2日に一度続いた。発売まで2カ月しかないから急ピッチで進む。仕事が終わってスタジオへ。もちろん一発オッケーはまずないから、多いときは10テイク、少なくとも5、6テイク。さらにピッチ（音程）が微妙だったりリズムに乗れていなかったりという細かい箇所だけを何度もやり直すこともあるので、録音は毎回深夜に及ぶ。当然、夕食抜きで集中するので、1曲レコーディングを終えると相当な体力と気力を使い果たすことになる。50代、なかなかきつい。

でもこの疲労困憊を吹き飛ばす術を私は覚えてしまった。こちらは自称

「あっちゃんマジック」。スタジオのご近所に深夜というか未明まで営業している「深夜食堂」があったのだ。

レコーディングを終え、次の録音日や課題を打ち合わせする頃にはもう頭の中にその「深夜食堂」が浮かんできてそわそわ。そそくさと帰り支度をしながら「安岡さん、お腹すきましたね。行きましょうか」と有無を言わさず先生を深夜食堂に導く。

その深夜食堂は、コの字型の大きなカウンターにきっと年中ある「おでん」。メインはラーメンのようだけど、高知らしく「ちくきゅう」もあるし焼きめしもある。夜勤を終えた人や、街で飲んでまだ飲み足りないという人にとっての締めの場所といった具合にニーズがあるのだろう。朝5時まで営業しているから、レコーディング終わって夜11時ごろでもラストオーダーの時間の心配なく行ける。なんなら朝まで飲めるという……。

私はもちろん「とりあえず生」ビールからスタート。今夜も歌っているから五臓六腑にしみこんでいく感覚がもう最高。これ以上、美味しいお酒があるだろうか？　ライブをやり終えたかのような充実感が黄金色に輝く泡の美酒を余計に美味しくしてくれる。

「また、がんばれる」

こうなると翌日の仕事のことはすっかり忘れて、「音楽談義」で夜が更けていく。

1杯だけが2杯になり、さらには焼酎をロックでなどと、どんどん進み、締めの焼き飯で心もお腹も満たされていく。歌の奥深さを知るたびに新鮮で、仕事以外にこんな生きがいを見つけることができたなんて奇跡だ、と幸せにひたりながらアルコールを注入していく。よほどこのパターンが気に入ったらしく、私は喜々としてスタジオに通っていた。

もちろん、生みの苦しみもあったので「楽しかった」だけではないのだけど、レコーディングと「深夜食堂」のセットがたまらく愛しい時間となり、気づけば11曲の録音が終わっていた。

安岡先生、そして「深夜食堂」にも感謝。

2017年12月3日、初アルバム「ザ・ベスト」発売。

発売直後、ありがたいことに地元紙も「テレビ高知元アナウンサー和田敦子さん初アルバム」という見出しで制作に至った経緯や思いを掲載してくれた。取材する側だった私が、初めて取材される側に。安岡さんとのツーショット写真とともに、かなりのスペースを割いての記事だった。

そのおかげもあって当時、高知市内にあったCDショップではなんと週間売り上げランキング1位を記録。この初アルバムは、ジャケット撮影、デザイン、制作といろいろな人が関わってくれて完成した「生きた証」第1号となった。

とにかく「生きた証」を残すことが私の目標であり、夢。その後、2枚目のCDを制作したが、この本はCDに続いて「生きた証」第2号と位置づけている。

今でも外出先などで「あなたのCD持っちゅうで」と声をかけてくれる人がいる。名刺代わりにいつもバッグの中に入れて持ち歩いているのだ。

今度はこの本をいつもバッグの中に忍ばせておこう！

ずっとこの日を忘れない

振り返っても、これだけ自分の気持ちが高揚した日はない。還暦60歳の年、私は自分でも予想もつかないドラマチックなストーリーを体験してしまった。

２０２３年５月28日。

その日はやってきた。来てほしくないと心の中では叫んでいたのかもしれないくらい、その日を迎えたその後の喪失感に包まれた自分を思うと心配でならなかった。それだけこの日はスペシャル感満載。この日にすべてを賭けてきたといえる。

自分に「還暦」という年が訪れるなんて……。シャワーの水をまだ肌がはじく年齢の頃は、まさか自分が赤いものをまとってお祝いされるなんて日が来るとは思ってもいない。

忍びよってくる「還暦」。でも、前の年59歳の時に、ふと逆にそれを楽しんで何かできないことをやってみたいと思い立った。それは、やはりずっとやってきた歌で表したかった。これは「還暦ワンマンライブ」しかない。60歳、何か残したいと思っていたところに、私が所属しているサスガミュージックの代表・安岡さんからゴーサインもいただき、前の年の夏、10カ月前にすでにライブ会場を予約。本番3カ月前から本格的にバンド練習が始まった。

私のオリジナルは14曲。それに安岡さん編曲のカバー曲を2曲、計16曲のセットリストが決まった。サスガミュージックのライブでは、基本的にみんな歌詞を見ないで歌う。

２０１７年１枚目ＣＤ発売以来、さまざまなところでライブをやらせてもらったけど、歌詞を置くのはタブーとされていて、もう全曲完璧に覚えるしかない。しかも会場は、２００９年4月にはファンキーモンキーベイビーズがライブを行ったこともあるスタンディングで５００人は入る「オオバコ」と呼ばれる大ホール。

サスガミュージックはコロナ禍前、毎年、生徒の発表会をここでやってきたこともあり、勝手にホームグラウンドと思っていて、還暦ワンマンやるならここでという思いが強かった。でもキャパに見合ったお客さんに来てもらわなければならない。

私はその考えが甘かった。１００人でも集めたら何とかなる。そのくらいに思っていた。が、安岡さんは「成功のカギ」としてその先を見ていた。その倍、できればもっと大勢の人に来てもらわないと演者として成功とはいえないと。そのぐらいでいいという考え方ではいいパフォーマンスはできないというのだ。

確かに、ホールをいっぱいにすることは、より自分にプレッシャーをかけることになる。だから練習するし、よりいい演奏につながるという方程式。重圧が大きければ大きいほど人は能力を発揮するもの。その日から私の「営業」が始まる。

ワンマンライブのタイトルは「Ｐｒｅｃｉｏｕｓ」。

赤いドレスで撮影し、還暦を象徴するかのような渋めの赤いポスターも完成。そのポスターをまずは貼ってくれるお店などを連日、仕事終わりに回った。練習と並行しての営業で、居酒屋で貼ってもらえることになると飲まずに帰るわけにもいかず、ポスター貼り活動と称した一人飲みが続いた。

チケットも、いつものように一人一人にメッセージを送り、できる限り対面で渡せるようにした。お取り置きが多いと当日の受付が混雑するし、コロナがようやくおさまったこともあって、来てくれる人と近況を少しでも語り合いたいという思いもあった。

今まで100枚ほどの販売実績はあったものの、今回の目標はその倍以上。気が遠くなるような数字だったが、1枚ずつ1枚ずつ日々増えていき、ライブ1カ月前には200人到達が見えてきた。もうひと踏ん張りのところまできた。でも、不安は消えなかった。追い詰められ、精神的にライブ間近にこれまでにない感情に見舞われちょっとした「うつ」状態になったりもした。自然に涙が出てきたり、更年期障害かと思うような……。

さらにバンド練習が始まってほどなくして、のどに異変が。中間の声がかすれて出なくなったのだ。風邪を引いたわけでもコロナになっての後遺症でもなく、突然、ある日起きたら声がかすれていて、歌だけでなくトーク番組の収録途中にもその症状が現れて、これではワンマンどころではない。日に日に不安がふくらんでいった。

朝起きてまず声帯チェック、でも、きょうも出ない。そんな不安な日々を送っていた。

藁にもすがる思いで耳鼻咽喉科に行くと、のどが炎症を起こしていた。その病院は音楽関係者がよく来る病院らしく、薬と吸引で通い始めてから2週間くらいでようやく元のように声が出るようになった。

とにかくその期間はお先真っ暗状態。このまま治らなければと思うと生きた心地がしなかった。おそらくバンド練習を前に完璧に歌を覚えこもうとして自主練習をやり過ぎ、喉に負担をかけたのが原因らしい。頑張りすぎも禁物。でもその耳鼻咽喉科の先生に救われた。

神様は見放さずにいてくれた。完璧なコンディションで人生の節目となるステージをやり切らなければ一生後悔が残る。

のどを労わりながら、体を整えながら、「その日」が徐々に近づいてくる。

笑顔の花が咲いた！

近づく「ワンマンライブ」。

チケットの予約は予想外に順調だった。「還暦」に迎えた人生最大最高のイベント。バンドを始めてから12年目にしてやってきたチャンス。

バンドの練習も本番が近づくにつれ音符が一つになってくる例のワクワクの感覚が宿ってきた。

舞台は整った。あとは本番、声が出ますように、最高のパフォーマンスでお客さんにとって記憶に残るライブになりますようにと祈るばかり。そして報道畑が長いことの「あるある」で、「どうぞ災害、事件など起こりませんように」たくさんのことを神様にお願いし、その日を迎えた。

迷ったあげく、衣装はミディアム丈のオフホワイトのドレスと、アンコール曲からはやはり還暦の象徴、赤いドレスに。セットリストはオリジナル計16曲だったが、リズムに乗って踊る曲もあったので動きやすさも考慮した末の選択だった。

　ベイファイブ・スクウェア大ホールのステージはとても広いので、なるだけ左右に動きながら歌うことも心がけるよう、プロデュースの安岡さんからアドバイスをもらっていた。

　このライブはひとつの集大成。歌だけでなく、いわゆる動き、目線、曲間のトークなど、トータルのステージングの完成度が問われるライブでもあった。自分だけが楽しむものではない。それだけプレッシャーも大きかった。私はプレッシャーに強いほうではなくて、「失敗」のイメージを描いてしまって自滅するタイプなので、今回は本番前、それには打ち勝って元来のマイナス思考を克服しようと思っていた。

　さて本番前、というと早くからその闘いが始まっていて、弱い私と克服しようとする前向きな私がせめぎあって勝手に会話してる。

「途中で歌詞とんだら?」

「歌の入りのタイミング間違えたら」

「いや、大丈夫。これまでやってきたことを信じて臨めば、必ず成功する」

「自分が楽しまないとお客さんには伝わらない」

頭の中はそんな2人の私が言葉のバトルを始めていて、いつものようにパニック！　ステージすぐ横の楽屋で震えていた。

午後4時半、開場。

本番は午後5時。もう逃げられない。ここまで来られた。ちゃんと喉のケアも体のケアも気を付けて、最高のコンディションで迎えることはできている。

「信じて……信じて。歌を届けよう」

たくさんの緊張を解きほぐす精神的なおまじないを施して、刻々と迫りくるその時を待った。

オープニングアクトは高校生の「ののかちゃん」。ギター弾き語りで作詞作曲も手掛けるスーパー高校生だ。

午後5時……ステージがついに始まった。

オリジナルを2曲披露。楽屋に「拍手」が聞こえてきた。ののかちゃんへの拍手は温かかった。堂々とステージを終えたののかちゃん。とうとう、私のライブが幕を開ける。休憩なし、ノンストップの16曲だ。

ステージはまたいったん暗転に。

ドラム、ベース、ギター、コーラスの２人、そして総合プロデュースでギター＆キーボードの安岡さんが静かに定位置に着く。

私の心臓はもう飛び出しそう！　もっと他に表現があればいいのだけど、この表現がやはりぴったりくる。心臓が飛び出そうで意識まで飛んでしまいそうな緊張感。

この日のために、１曲目、何度となくライブで歌ってきた「銀河で恋して」は前奏アレンジを追加。暗闇の中、宇宙空間のようなイメージで期待感を盛り上げる演出になっている。私は、決められたそのタイミングを間違えないよう登場しなければならない。

「プレシャスライブ」がついに幕を開ける。

いくつもの楽器が織りなすちょっと摩訶不思議な宇宙空間を表現する演奏。白いドレスの私、深呼吸しながらステージ袖でその時を待つ。

いやもうこの時点で「私」ではなくなって、別人格の誰かのような感覚。さあ、大きく息を吸ってステージへいつもより大股で歩を進める。別人格の誰かがステージ中央、リハーサルで確かめた所定の位置にたどり着き、歌い始めた。

ところが、いつもと違う何かをすぐに感じ取る。予想をはるかに超えるステージからの眺め。暗くて客席はもちろんはっきりとは見えない。が、今まで経験したことのない「視線」の熱さがあった。しかも、宇宙の星のような「光」の波が見える。

友達がサプライズで、百本以上ものペンライトを用意し、お客さんに配っていたそうで、その明かりが揺れていた。それで、私のなかでこれまでになかったような「幸せスイッチ」と「やる気スイッチ」が同時に入ってしまった。

「みなさん、こんばんは。ようこそプレシャスライブへ。私、ここに来てくださっているほぼ全員のお顔、わかります」

今回、多くの人に対面でチケットを届けられたからこその第一声。還暦を迎え、まさか３００人近い方に会場に足を運んでもらい貴重な日曜の夜の時間を一緒に過ごしてもらっているなんて。これほど幸せな瞬間ってあるだろうか。

一曲、一曲、思いよ届けと歌い続けた。

一瞬、歌詞が飛びそうなこともあったが、体にしみこんでいるのか無意識のうちに歌えたりもして、心の中で何度も「音楽の神様が降りてきてくれてるー」と叫んだ。

曲の合い間のトークネタも実は念入りに準備していた。準備しているコメントに、その場の空気感からの言葉を足していったり削ぎ落としていったり、ライブではそんな瞬間の読み取りも大事。お客さんの反応は怖くもあったけど、皆さん本当に温かい声援を送ってくれて、以前の私ならどこかのタイミングで泣いていたと思う。でも、今回絶対泣かないと決めていた。

「自分だけ感極まって泣いたところで、歌は伝わらない。逆にお客さんが置いてけぼりになる。それだけは守ること」

ライブ前、安岡さんと約束していた。

14曲目、新曲の「スマイル」を歌い終えたところで、手を振ってステージを後にした。拍手はずっと鳴り響いていて、そう、アンコールへ。ここで私は楽屋で赤いドレスにチェンジ。

一着目の白ドレスは背中でリボンを何重にもクロスするタイプで、結構脱ぐにも時間がかかる。コーラスのメンバーに身を委ね、着替えを手伝ってもらう。が、焦って結構手間がかかってしまった。

ありがたいことに、鳴りやまない拍手。ただ、1分以上かかったと思う。後で、来てくれていた「いとこ」に聞いた話、「えらい遅いやんか！」と思ったそう。

ワンマンライブのセットリストは

① 銀河で恋して

② Precious Night ～やさしい嘘で～

③ Hello

④ 時間旅行

⑤ 窓辺

⑥ 風に乗せて

⑦ しとしと雨降り

⑧ Dear.f

⑨ 夏まで待てない

⑩ 真夏の恋

⑪ Vacances

⑫ Wish You A Merry X'mas

⑬ Let's Dance!

⑭ Smile ～笑顔の花を咲かそう～

アンコール曲

⑮ 素顔のままで

⑯ Sweet Love

⑰ Let's Dance!

「お待たせしましたー」と言いつつステージへ。このときバンドさんたちはいったん楽屋へ退場していて、私ひとり。

「お約束の還暦、赤いドレスですよー」

ところが、前結びのリボンを結ぶのを慌てて忘れていて、ステージでリボン結びを始める始末。相当焦った。

15曲目、「素顔のままで」。

CDに収めたときと違って、ライブではピアノのみ。それだけに歌の良し悪しが目立つ。安岡さん登場で静かにアンコール曲が始まった。私にとって数少ないバラードの一曲だ。

この曲は、レコーディングの練習のときから自然に涙が流れていつも歌えなくなっていた曲。ただ「泣かない」と約束してから練習のときにそれを防ぐ秘策を見つけて、本番でも泣かない自信があった。

ライブの終わりが近づく寂しさもあってか、「素顔のままで」を全神経を研ぎ澄まして届けた……つもり。もうあとわずかでライブはおしまい。

夢も途中のほうが楽しいに決まっている。ライブの終わりは夢の終わり、夢から醒めたら次は何が待っているのだろう。

この時間がもっと続いてほしい。そう願っていたら、本当に最後の最後の曲に。もう一度、ディスコ調の盛り上げ曲、「レッツダンス」が流れた。

お客さんたちもステージ前のわずかなスペースに来て踊ってくれている。その光景が目に飛び込んできて、実はこっそり涙した。半分嬉しくて、半分寂しくての涙だったと思う。

２０２３年５月28日。

この日のことを決して忘れない。多くの人に支えてもらって実現したビッグプロジェクト。しばらく抜け殻になってしまったけど、この夢のような記憶が「幸せの貯金」となって、今なお生きる支えとなっている。

大人は趣味も全力疾走で。そのほうが格好いい！

「幸せの貯金」まだまだ続きそうな気配。私はまたサスガミュージックのレッスンに通いつつ、次の夢に向かっている。

心が変わると……

「人生に彩りを～笑顔の花を咲かそう～」

「ここだけのはなし～人生に彩りを～」

講演のタイトルはいつもこんな感じ。50歳を超えてから人前で実体験をお話しするという機会が増えた。公的な機関の研修の場や大学主催のパネルディスカッションのようなイベント、女性の集まりの会、企業の講演会など。

自分のことを話すのはどちらかといえば苦手なのだけど、声をかけていただけるのはとても光栄なので毎回快く引き受けている。主に挫折というくくりで、20代の病気のことを軸にそこからどう乗り切ったのか、これからどう生きていくのかをお話ししていく。演題には必ず「人生に彩りを」の言葉を入れている。私の永遠のテーマでもあるから。

あの20代、暗闇の中で過ごしていた時代から抜け出たからこそ、見える色がある。色のないどんよりと曇った景色から飛び出た世界はいろんな色が溢れている。赤も、青も、黄色も、ときには虹色になったりもする。人生はそんな彩りある日々であってほしい。そういう思いを込めている。

先日もある会合に呼ばれてお話をさせていただいた。随分前から決まっていたので、早々とパワーポイント資料も作り、1週間ほど前から言葉の組み立てを整理、しゃべりのイメージを訓練していった。すべてアドリブですらすら……なんていう能力はないので、一度、話の内容を文章化して文字にしつつ頭の中に入れていく。

これはあくまでも私の手法。パワポを元に自由自在に話を展開できる器用な人もいると思うが、私は講演の長さにかかわらず一度文字にしてみる。そうすることによって、自分が何を一番伝えたいかということも整理できるし、無駄な部分もカットできる。今回はこれまでで最も短く、20分ほどの講演だったのでよけいに難しかった。

退屈されても困るので、どこかで変化をつけないといけない。プロフィールから入って、アナウンサー・報道の仕事を軽く紹介。そこからすぐに、夢叶うも大きな試練が待っていたという本題へ。

パワポには入院日記。時々直筆の少し乱れた字で書かれたものを紹介するときもあるのだが、あまりにも生々しく重くなるので、今回はパソコンの文字に変えた。そのあとパワポ1ページの真ん中に一行だけ「私が私でなくなった日」を映し出す。自暴自棄になり未来を描けなくなった自分との葛藤の日々を話すも、これもあまり重くなりすぎては自分にひたるだけになってしまう。ちょこっと「そのあたりから追手筋（高知の繁華街）のパトロールを夜な夜なするようになったんですよねー」などとちょっと笑ってもらえるようにしたり。笑ってもらえると私もほっとする。そこから思考を変えていった話へ。こんな言葉も紹介させてもらった。ある哲学者の言葉。

「心が変わると行動が変わる。
行動が変わると習慣が変わる。
習慣が変わると人格が変わる。
人格が変わると運命が変わる」

すっかり覚えてしまったこの運命を変えるループ。実際、人格まで変わっていた20代、30代の頃だったが、気持ちの方向転換をしてみると、行動、習慣が変わり、人格も修正できてきた。そして、その後、運命をも変えてしまったことを私は実体験で証明することができている。

こうして人前で経験を話すことができているのも、あのひどいコンプレックスを克服したからこそだし、子どもが産めないことをさらけ出すことで共感してもらえることも大きいのではないかと思う。

「人生に彩りを」

本当は彩りのない人生なんてない。一人一人、彩りが感じられる瞬間があるはず。家族との団らんかもしれないし、ゴルフで好スコアを出したときかもしれない、お子さんが何か立派な賞を獲得したことだったり、仕事で成果を出したことだったり、その「価値感」も一人一人違う。違っていい。それもどう自分が受け止めるか、思い方次第で闇のような色合いが輝きの色に変わってくるということ。

例えば、何か失敗をしたとしても、その失敗から這い上がって乗り越えた時には、「彩り」が見えるはず。失敗をしたときにはどーんと落ち込まずに自分に非があるのなら素直に反省して正せばいいし、悔しい思いをしたときには次に見返してやればいい。何度もいうが、「気持ちの持ち方」ひとつで人生を輝かせることができるのだ。今回の講演でもこの部分を強調し、人生に彩りを添えるための私なりのポイントをまとめて締めくくった。それがこちら。

人生に彩りを添えるための五か条

①　非日常の時間を大切にすること
②　人との出会いを大切にすること
③　自分で限界を決めない
④　利己心を捨てる
⑤　夢は見るものではなく、叶えるもの

「非日常の時間」というのは私にとってはライブや演劇を観にいくこと、旅することこと。この「非日常」に身を置くことで、「自分らしさ」も発見できたりするし、感情を豊かにしてくれたりいいことだらけ!

人との出会いを大切に。この「人」というのは「信頼できる人」に限る。いまや人間関係も断捨離なんていう時代。予期せぬ裏切りにあったりしないよう、自分と波長の合う心の通い合う人との出会いは大きな宝物。大切にしたい。きっと何かあったとき救いの手を差しのべてくれるし、こちらもその人が困っていたら何かできることをしてあげたい。

「自分で限界を決めない」というのは、いわゆるM体質の私の一番好きな言葉かもしれない。

「限界突破」これもやればできる。自らハードルを低くしてしまうと、もうそれ以上は超えられなくなってしまう。ハードルは高くして、それを一つ一つクリアしていくことが自分の成長につながっていくと思うし、やり遂げたときの達成感がまた人生に彩りを与えてくれるというものだ。失敗を恐れずにチャレンジしていきたい。

そして人間にとって一番いらない感情が利己心。

「あの人は利己心のかたまり」などという声を聞くこともある。利己心が支配している感情って常に自分一番なので、何事にも自分だけが……とのし上がっていく。そういう人はきっと振り返ったら誰もいない孤独な人。私も相当な自分が大好き人間だけど「利己心」は遠ざけたい。社会に出ると「利己心」のぶつかり合いに巻き込まれそうになることもあるので要注意。

この「夢は見るものではなく、叶えるもの」という言葉は最近よく耳にする。私が「ここだけのはなし。」というトーク番組を担当しているからだろうか、ゲストの方々は見事に夢を叶えた人（かなり努力をして）ばかりなので自然と私にとっても確信的な言葉となってしみついてきた。

「えー、そんなの一部の人間だけでしょ」と口をとがらせる人もいるかもしれないが……。

あるゲストがニコニコしながら教えてくれた。

「叶えるという漢字は、十回、口にすると書くでしょう？　だから十回、夢を言ってたら叶うんですよ」

いろんなチャレンジや運命的出来事でビジネスを成功させたそのゲストから出た言葉だったから真実味があった。

それから私も、「やりたいこと」「これから挑戦すること」についてあえて公言するようになった。

「ビッグマウス作戦」とでも名付けようか、それが意外とうまくいく。自分を追い込むことによって、そうせざるを得ない方向に持っていく。この講演の中でも、私は「本を出版します」「そのときは、ぜひ」と何度も呼び掛けた。自分で自分をあおってテンションあげていく。

その講演が私にとっても大いに刺激となったのか、翌日からはりきって執筆にとりかかることができた。人前で人生を語るという行為は、自分に向き合い、自分の物差しを確認する作業でもあり、夢を叶えるための「ビッグマウス作戦」の最前線でもあったのだ。機会さえあれば、私はこれからも60歳になって気づいたことや笑顔でいられるための術などをお話しさせていただきたいと思う。

おまけとして。

これはライフエンディングプランナーの方も取り入れている終活ドリルのひとつなのだが、自分のこの先の人生の長さを計算するというもの。偶然にも、私は独自に思いついて前々から人生の残り時間を計算していた。

私は健康寿命としてあと10年を掲げ、1年365日、1日を8時間睡眠として16時間と設定しはじいていくと、なんと約5万時間。計算してみての私の正直な感想は「なんと人生は短いことか」。数値化することで残りの人生が見えてきたのだ。

ぼやっとしていた命のゴールがそれだけしかないのか？　そして、こうしている間にもその数字は刻々と減っていくのだ。そう思うと1分1秒の大切さが身をもってわかる。テレビの世界は秒単位、時間との闘いだったが、終活に入った私の残された元気でいられる想定時間は「意外と短い」。

そうだ……儚くも美しい桜はあと何回見られるだろうか。今年は春にお花見でそんな会話もしながら、満開の桜の下で散り急ぐ桜と人生を重ね合わせたりもした。

散り際も美しく……散ったあとも美しい散り方だったといわれるよう生きなければ。

生まれ変わることができるなら

入社して即、入院。二度の手術で大きく人生の色合いが変わってしまい、自暴自棄になっていた頃、カラオケでよく歌った曲がある。私にとっては辛く悲しい曲。小坂明子の「あなた」。生まれ変わったらこんな穏やかな人生を大切な誰かと送ってみたいとも思う。こんな夢を描くフレーズからこの歌は始まる。

「もしも私が家を建てたなら、小さな家を建てたでしょう。
大きな窓と小さなドアと部屋には古い暖炉があるのよ」

小さな家に大きな窓、きっと南向きの日当たりのいい緑に囲まれた環境のなか、窓から燦燦と光が降り注ぐ、そんな家。

「真っ赤なバラと白いパンジー、子犬の横にはあなた、あなたあなたがいてほしい。
それが私の夢だったのよ、愛しいあなたは今どこに」

もうこのあたりの歌詞からだんだんと目頭が熱くなってくる。どんなに素敵な家を建てたとしても、一番大切なのは「あなた」。愛する人にそばにいてほしいというせつない思い。その「あなた」は今は知らない土地で暮らしている。そして、こう続くのだ。

「ブルーのじゅうたん敷き詰めて、楽しく笑って暮らすのよ。
家の外では坊やが遊び、坊やの横にはあなた、あなた
あなたがいてほしい。
それが二人の望みだったのよ。いとしいあなたは今どこに。
そして私はレースを編むのよ　わたしの横にはわたしの横には
あなた、あなた　あなたがいてほしい」

夫婦2人と子ども1人の3人家族。いたずらする「坊や」を叱りつつも、家

族のぬくもりにほほ笑みが宿る。大きな椅子に陣取って、幸せそうにレースを編む妻。そばに「あなた」がいてくれたらもっと幸せ。そんな将来を描きながらも、彼はいない……。女性は彼への思いが消えずにいまだ夢を見ている。

相当、悲しい曲。このあたりはもう半分、涙混じりの歌になってしまう。少々お酒も入っているから、いつもこのフレーズのあたりで泣いてしまっていた。そして、最後は畳みかけるようなリフレイン。しかも、ここから転調し、音程がぐっと上がる。クライマックスだ。

「そしてわたしはレースを編むのよ。
わたしの横には　わたしの横には
あなた　あなた　あなたがいてほしい」

「わたしの横には」の繰り返しのところは、「横には」に全神経を集中させ、次の「あなた」へ繋げる。大事なブリッジなので、思いをさらに込めて歌いあげる。最後は、「あなた」のトリプル。ここはそれぞれの「あなた」を違った音色にすべく、強弱とともに繊細さをもってフィナーレへ。この歌は女性が「レースを編む」という超日常の行動を描いているなか、子どもも男性も架空の存在でそばにはいない。これ以上ないくらいの孤独の現実が浮かんでくるから泣けてくるのだ。もし生まれ変わったら……と想像することがある。

子どもの運動会に夫婦で応援に行って、たくさん写真を撮ってあげたい。

子どもの卒業式で成長した姿を見て泣いてみたい。

家族の記念日が1年ごとに増えていって、カレンダーに赤い○で家族の誕生日の印をつけたりもしてみたい。などと、いたって普通の情景しか浮かばないけど、もし、もしも生まれ変わったらそんな暮らしをしてみたい。

きっと今のような自分中心の生活とはかけ離れた生活で、それはそれで「もっと自分の時間が欲しい」と言い出してわがままに生きていくんだろうな、結局のところ。60歳までこのスタイルで生きてきたのだから、生まれ変わったとしても本質は変わらないかも。この「夢」に関しては夢のままで大切にとっておこう。

※歌詞引用 「あなた」作詞：小坂明子

CHAPTER

5

未知の世界の扉を開けて

ご利益求めて「素っぴん旅」

「思わず吸い込まれそうな景色」

２０２４年４月、桜が少し満開を過ぎた頃、列車に乗って日本海・山陰へ。「執筆の旅」と称してのひとり旅はこれが第３弾となる。高知駅からはアンパンマン仕様の特急、岡山からは新型車両がお目見えした「やくも」で米子に向かった。

一泊目は皆生温泉。ここはアナウンサーの作品コンテスト中四国予選の際、会場となった温泉地。宿泊するのは今回２回目となる。

「確か近くに海があった」

宿に到着してすぐに散策に出かけた。歩いて２、３分、高知からやって来た私を海が迎えてくれた。しばらく立ち尽くしてしまうくらいの光景が広がっていた。

まるで「海辺の三重奏」。

白い砂浜、どこまでも碧い海、青い空。３つの色の層が地球の奥深い美しさを表現していて、吸い込まれそうになった。

春の陽光、海風、くっきりと刻まれた水平線、「生きている」そう思える瞬間って日常なかなか感じられないけど、人工的なものでなく自然の奇跡に出会ったとき、生きている、生かされていることを実感させられることがある。旅の醍醐味はそんなところにあるのかもしれない。

日常を離れることで自分の立ち位置に気づかされたり、過ぎてゆく時間の尊さを感じたり。「自分探しの旅」などと言うけれど、今回も探し物が見つかる旅になりそうな期待感がふくらむ。

「海辺の三重奏」から始まった山陰の旅。一泊目の宿は半信半疑で予約した格安の温泉宿。

「今どきこの価格で大丈夫？　ボロボロの宿では?」と思いつつ予約したのだけど、その心配は到着してすぐに吹き飛んだ。早めのチェックインもＯＫだったし、スタッフの人の対応もとても丁寧。宿の至るところに泊まる人の気持ちに立った細かい心配りがちりばめられていて、とても心地よい。

お風呂ではクラシック音楽が流れていて、しかも朝は「モーニングミュージック」と曲紹介の立て札が変わっていた。夕方のお風呂上がりには宿お薦めの「生ビールセット」550円を頂き、翌日の朝風呂の後には、大山で作られたご当地牛乳をいただいて、大満足。

古い温泉宿だと思うが、館内に飾ってある絵や書も見ごたえがあった。夕食は昭和の香りのする大広間だったが、でっかいアワビやステーキを主役に程よい量でこちらも十二分に楽しませてもらった。これで税込み約1万3000円。コスパ最高の温泉宿でその後の旅への弾みがついた。

山陰の旅での大きな収穫は、「ご利益のあるお砂の持ち帰り」グループラインに山陰を旅していることをコメントすると、ある女性から「砂を持ち帰ったらえいで」とアドバイスが。早速、調べてみると、私が行く予定の出雲大社で砂を持ち帰ることができると書いてある。

出雲大社は日本一の縁結びの聖地といわれている。その最も奥にある「素鵞社」は知る人ぞ知る秘密のスポットだとか。社の床下に木箱が置いてあり、中には出雲大社から1キロ離れたところにある稲佐の浜の砂が入っている。

ここで清められた砂は、撒くと土地を清めるご利益があるといわれている。この日は春なのに、ギラギラと太陽が照り付ける「夏日」。でもここまで来て「ご利益」を逃す手はない。

出雲大社に到着するも、すぐには参拝せず、私は稲左の浜を目指してゆるい坂を西へ西へと進み、浜で砂をとり、素鵞社の木箱に納めたあと、同じ量の「御砂」を小さなビニール袋に入れて持ち帰った。その御砂、ちょうどいい大きさの四角い入れ物があったのでそれに入れて、キッチンカウンターのいつも見える場所に祀ってある。

どうしても「ご利益」を期待してしまうが、この御砂にいろいろとお願いしてみると、結構、心配していたことが上手くいき、御砂効果があるように思う。そんなことも「気の持ちよう」なのだろうけど、私のお守りになっているのは確か。

今回の山陰の旅は、パソコンを持っていったにもかかわらず、実は10行ほどしか執筆していない。それなら重いパソコンなど持たず、思い切り観光すれば良かったとも思う。

反省すべきは、執筆の旅をするなら観光地ではないところ。どこか静かな人里離れた場所で、観光などせずに無心になれる地を選んだほうがいい。

さてそうなると、次回はどこへ？

海なのか山なのか、少しお財布とも相談しないと……。

でも「御砂」のご利益なのか、御砂が来てから家での執筆がはかどるようになってきた。しばらく執筆の旅はお休みして、節約もかねて「書斎」にこもるのもいいかもしれない。

扉を開けると未知の世界が

還暦にこだわり、びびりまくっているなんて私だけだろうか？　びびりまくるの裏には妙なワクワク感もあって、未知の世界に足を踏み入れるような、明け方積もった雪を踏みしめるような感覚。

60歳が私たち会社に属する者にとっては「定年」という大きな節目にもあたることから、余計に「人生の集大成」のような意味合いを持つ。そして、その扉を開けてみると想像以上に「人生、意外と面白い」と思えてくるから不思議だ。

何がそうさせるのか。

一足先にその年代に到達し、颯爽と街を闊歩していた先輩方もそういえば「早くこっちにおいでー。50代のときより楽しいから」と言っていたのを思い出す。年代の境目で一体何が起きているのか。

この先60代を迎える人たちのためにも、ここはしっかりと分析し伝え残しておきたい。

私はいつも年齢の捉え方として、20代はただひたすらに目標に向かって進む年代、30代になると物事を少し俯瞰で見ることができ始めると同時に、自分が目指す夢と現実のギャップに悩む頃、40代は「自分らしく生きること」の意味がわかり始め、20代30代がその種まきの時期だったと気づく「気づきの年」。50代は十二単のように重い衣がとれていって身軽になり、より自分らしく生きられる年、と位置付けていた。

さて60代は？

まだその扉を開けたばかりなのだけど、人としてどう生きてきたかを問われる年ではないだろうか？

まわりから「いい人」と評価されるのではなく、自分自身の中で人間の尊厳を理解し最終的な人格形成をしていく年。

私は、縁あって高校時代学んでいた学問「モラロジー」に50代最後の年にまたたどり着いた。

あの時代に「人としてどうあるべきか」など意識して学んではいなかったと

思うが、いまになって「人間は学ぶことをやめてはいけない」と気づく。この50と60の境目で起きていることは、自分による自分への評価なのだ。「自分勝手に好きなことばかりして生きてきた」という自覚があるがゆえに「これで良かったのか」と改めて自分自身に問いかけ、どう生きてきたかの総合評価をする。

60代をこれから素敵にかつて出会ったかっこいい先輩方のように生きていくためには、「向上心」を持ち、利己的な考え方をしないこと。より広い世界を見て、まわりの人をも幸せにできる自分でいたいと思い始めた。そう思うとすべて万事うまく回る。

一つ一つの行動に意味があり、何か怒りが湧いてくるようなことが起こったときも、その原因が自分にあるのではないかと視点を変えてみることでとても楽になる。怒りや他人と比べての嫉妬心などは実はとてもエネルギーが必要で、日常のなかではいらないもの。その怒りを別に向けてみたり、その嫉妬心を自分評価に向けてみたりするだけで随分心は軽くなるはず。

起こってもいないことを「たられば」で心配し一喜一憂するよりも、この先出会うかもしれない嬉しいこと、楽しいことを思って暮らすことのほうが幸せを呼び込む種になるかと思う。

私は60歳になって、文章を書く環境を求めてというのもあるが、「おひとりさまの旅」を好んで実践している。

旅先での発見は、1人だから見えることがあって面白い。自分と向き合う時間の大切さを知った60代でもある。

人生の余白を大切に

還暦とともに訪れた「定年」。

38年、ここまで同じ場所、同じ環境のもとで働けたことは飽きっぽい性格だった私にとっては、「ミラクル」としかいいようがない。よくやったもんだ。と自分で自分を褒めてあげたい。

しかも、定年で「はい、お疲れさまでした」と完全に卒業するかと思いきや、自分でも驚く選択、再雇用としての道を選んだ。トーク番組「ここだけのはなし。」が目標の100人にまだまだほど遠いし、38年やってきたとはいえ、どこか「道半ば」と思える気持ち悪さが残っていた。

何より肝心なのは、完全退職してしまって生活できるのかということの不安もある。貯金を崩しながら年金の歳まで繋ぐ手もあるはある。が、それはおそらくすぐに破綻してしまいそう……。

金銭感覚や生活レベルを変えるというのは結構大変。私はさほど迷わず、とりあえず会社に籍を置いてもらって、古巣の報道制作部でトーク番組と報道の補助的業務をさせていただくことになった。それまで、報道の管理職だったのでスコーンと何か大きな柱が背中から抜けた感覚。

会社と新たに雇用契約を結び、私はテレビの世界で再スタートを切った。その一本柱が抜けた感覚というのは、味わった方も多いと思うが「責任」という文字がなくなる分の身軽さがそう感じさせるのだろう。もちろん同時に、月々使えるお金もスコーンと減ってしまうので、生活を変えるのはすぐには難しくても、賢い消費者にならなくてはこの先続かないことは目に見えている。

定年は大きな人生の岐路だと思う。還暦という人生の大きな節目とともに、定年がセットだったことでより感慨深いものになった。が、ちょっとクスッと笑える出来事があった。

会社で役員の方々が集まってくださり、定年お疲れさまセレモニーが行われたときのこと。

重厚なソファのある応接室で粛々と段取りが進み、記念に金一封まで頂ける。この金一封は、好きなものをそれまでに買っておいてそれに対しての祝い金。私はその翌月から大型客船で地中海を旅する計画だったので、船内プール用の水着をネットで購入していた。

総務担当者からは、「和田さん、本当に何でも大丈夫なので。欲しいものを定年記念に買ってください」と言われていたので、私は即、水着をポチったのだった。

役員の方々から温かい言葉をかけられているうちに、私も38年の歳月が走馬灯のように去来し、うっかり感極まって泣いてしまった。

「本当に最後まで勤めることができて良かったです……」

一瞬、「え、泣く?」といった妙な空気が流れてしまったが、止められない。私はこれからの夢などを語り始め、(この時も確かエッセイを書きたいと伝えたと思う)皆、子どもをあやすかのように、「うんうん」と優しくうなずいてくれている。

と、その時だった。

セレモニー進行を任されていた総務担当者が、何やら一枚のペーパーを役員の方々に配り始めた。

「ん？　なんか見たことある写真が……」

総務担当者にはネットショッピングでこれを買ったという領収書を証明として事前に渡していたのだが、その商品番号で私が買った水着の写真にたどり着いたようで、確かに「私の水着」の写真がコピーされていたのだ。きっと良かれと思ってやってくれたのだろう。

でも、何だかとても恥ずかしくなり、一瞬で涙も止まった。役員の方々もどうコメントしていいのか少し戸惑っている様子。

「地中海から水着写真を送ってきてもらわないかんねー」

などとギリギリの会話にもなり、恥ずかしいやらお祝い金もらって嬉しいやら、定年迎えて感極まるやらの混ぜこぜの感情でセレモニーは無事？　終わった。そして、私は「派手過ぎる水着じゃなくて良かった」と胸を撫でおろしたのだった。

37年という歳月、二度入院し病欠したこともあったが、概ね健康で勤めてこられたこと。他では味わえない「闘い」に挑めたことは、今後の人生にもきっと彩りとなって私を支えてくれるに違いない。

定年後も再雇用で、見ため大きく環境が変わっていないようだが、私から見える景色は激変している。

これからは自分の残された時間を精いっぱい生きていこう。

60代、そう、もう一度真っ白なキャンバスを目の前に、少しずつ好きな色を塗り重ねていこう。急がずゆっくりと世界で一つだけの絵を完成させていく。

これまでと違って時間に追われなくていい。詰め込み過ぎず、これからは「余白」も大事にしたい。きっとその「余白」から楽しいこと、幸せなことが生まれる。

そんな気持ちで人生の岐路に立った私は、空からの道しるべに導かれるまま、おひとりさまの時間を楽しんでいる。

CHAPTER

6

そして未来へ

気ままにひとり「素っぴん旅」

「きょうこそ、じっくりと執筆を」と仕事から帰ってパソコンを開くと、ついつい寄り道してしまう次のひとり旅計画。

地中海を巡る大型クルーズ船の旅が定年のご褒美だったから、今は海外よりも心静かに過ごせる温泉地を求めている。先日はテレビでも「外国人が選んだ日本の人気温泉地ランキング」を特集していて、またまた温泉への思いが強まった。20代の頃から大好きで、休みがとれれば中四国近辺の温泉地を巡っていた。

ランキング1位は、まだ訪れたことのない群馬県の草津温泉だった。大分県の別府温泉や神奈川県の箱根温泉、静岡県の熱海温泉、兵庫県の城崎温泉なども上位にランクイン。映し出される温泉地独特の風情ある風景と自然に溶け合うように造られたお風呂。

そして、私の目標が定まった。それら上位に入った温泉地を制覇すること。

この文章を書いている時点で、7月には熱海、9月には城崎温泉の宿を予約済みだ。

「思い立ったら即、予約」

人気の温泉地は1カ月、2カ月先まで予約で満室ということもあるので、年内の予定をもうほぼ立てている。目安にするのは、やはり宿の評価を表す点数と1泊2食の料金設定。

熱海温泉は2カ月以上前の予約。愛知県の金山駅近くで、高校の大同窓会に参加するので、その翌日、少し足を伸ばして、かつては新婚旅行で人気を博したという熱海へという計画。

とはいえ、なかなかしっくりくる宿が見つからず、写真だけではイメージしにくいこともあり、寝つくまでの間ずっとスマホとにらめっこしていたことも度々あった。

旅の楽しさは思いめぐらせ計画している時から始まっている、と旅好きの人たちは口を揃えていう。私も大いに賛成。温泉宿を検索している瞬間からもう心がワープしている。ひなびた温泉地に身を置く自分を想像して、興奮して眠れなくなることもある。

60歳からのひとり旅もおすすめ。女子旅でワイワイ行くのも、それはそれできっと楽しめると思うが、私は断然「ひとり旅派」。自分の采配で旅が全て成立していく達成感もさることながら、とにかくマイペースで誰に気を遣うこともなく時間を独り占めできる最高の幸福感がある。

若いころは、1人大きな荷物を携え列車にがんがん乗って旅をする自分など想像もつかなかった。歳をとるとたくましくなるものだ。スーツケースもビジネス系の一泊用と二泊~三泊用、さらにそれより少し大きい数日泊まることのできる大きさのもの、さらにさらに海外用100リットルクラスのスーツケースが2つ、と全部で5個もあって、押し入れにきちんと並んでいる。いつでも出発OK!

列車に乗ると無性にビールを飲みたくなる私。朝の便でも乗る前にコンビニでゲットして、乗った瞬間プシュッと。この缶オープンの音こそが旅の始まりの合図。非日常の幕が下りる瞬間なのだ。ひとり旅、万歳!

「敦子の部屋」

2021年9月、テレビ高知で新番組「ここだけのはなし。」がスタートした。高知で活躍する人、高知ゆかりの人をゲストに招き、人生のヒントになるお話を聞くトークバラエティ番組。ありそうでなかったテイストの、ちょっとラジオのような気楽さも備えた番組。実は、TBSで長年番組制作に携わってきた社長発案の番組だ。

ということで、何人かで立ち上げのチームを作り、「よし、やってみよう！」となった。私もその立ち上げメンバーのひとり。ただ、番組MC=聞き手をどうするかは、なかなか決まらなかった。アナウンサー入れ替え制にしてはどうか、さてどうしたものか……

ただ社長の心の中では当初から決まっていたようで、宴席などで同席した際、そのたびに「トーク番組、敦子さんがやってくれないかなぁ……」ともったいないようなお言葉を何度もいただいていた。

私の当時の役職は、報道制作局・局次長。報道に所属しながら果たしてできるのか、そもそも現役アナを離れて久しい。ナレーションはちょこちょこやっていたものの、かれこれ10年近く画面からは遠のいていたから、私にとってはありえないテレビ復帰ということになる。

アナログ時代と違って、ハイビジョンになって高画質。小さな皺、目の下のくま、目立ってきた白髪などなど見られたくない「老化」を60歳を目前に控えて、テレビでさらすことにかなり抵抗があった。

ある日の夜、異業種の人たちとの懇親会でまた社長と同席することに。もう番組スタートは決まっているのだから、MC問題をこれ以上引き延ばすこともできないタイムリミットが迫っていた時期だった。その夜も少々お酒が進み過ぎ、いつもより饒舌になっていい気分になっていた私。

社長「例のトーク番組、担当してくれる?」

私「わかりました!」

お酒の勢いもあって、ついに首を縦に振ってしまったのだ。相当楽しい宴だったのだろう。うっかり……。もう引き返すことはできない。それに、これだけ自分を信じて任せてくれるなんて光栄なことではないか、そう思い腹を括った。ディレクターもベテラン・S君に決まり「トークバラエティ番組」がいよいよ動き始めた。

番組のタイトルは、できるだけ幅広い層にわかりやすく興味を引く言葉がいいと考えて、迷ったあげく着地したのが「ここだけのはなし」

私は、ここだけのはなしを略して「ここばな」を提案していたのだが、それだと何の番組かわかりづらいのでは？という意見もあり、結局このタイトルに。でも今では「ここばな」と略して呼ばれたりもしているから、私的には結果的にお気に入りのタイトルとなった。

ドキドキの初収録の日があっという間にやってきた。記念すべき1回目のゲスト、若手女性イラストレーター。前のテーブルに瑞々しい感性で描かれた作品を並べ、トークがゆったりと始まった。

ただひとつ違和感があった。

当時コロナ禍だったため、ゲストとの距離が離れているうえ、真ん中にはどかーんと透明のアクリル板パーティションが置かれていて、ゲストの懐に入りにくい設定となっていた。

このアクリル板、当時どの番組も感染対策として必須となっていたが、トーク主体の番組だったので本当にやりづらかった。

やるしかない……いい聞かすが慣れるわけがない。だから、相手の話に対してのリアクションは以前よりもオーバーアクション。

ゲストさんも一生懸命話してくれて、無事初の収録はなごやかな雰囲気で終了。気になる「老化をさらす」という点では、冒頭10秒ほどのゲスト紹介以外は、ほとんど横顔のショットなので、どうにかお茶の間の視聴者の皆さんにもお許しいただける露出レベルかと勝手に納得している。

月2回放送のペースも今の自分には合っている。さすが高知。ゲスト選定は困ることなく、将来を見据えて自分物語を描いている人がたくさんいるから、そこは恵まれている。老舗企業のトップ、若手経営者、研究者、マジシャンや音楽などのエンターテイナー、さまざまな分野の人たちがここばなファミリーとなっていった。とりあえずの私の目標は、ゲスト１００組。裏では「徹子の部屋」ならぬ「敦子の部屋」といわれているらしいが、それも何だか嬉しい。

「ここだけのはなし。」のここだけの話

この番組は、高知在住、高知ゆかりの人たちをお招きして、人生を輝かせるためのヒントになるトークを展開するというもの。

生きづらい世の中、少しでもこの番組を見て「元気をもらった」「勇気づけられた」といった人が増えてくれればという思いでスタートした。

ほとんどのゲストは一度面識があったり、お友達レベルだったり、飲み会などで会ったり、またSNSでその活躍ぶりをみていて会いたかった人であったりとさまざま。この人の話を聞いてみたいと自ら思わないことには、なかなか20分ほどのトークというのは難しいもの。その人の魅力をつかむことが重要で、打ち合わせのときからすでに本番が始まっている。

魅力を引き出すには、私が興味を持っていろいろな角度からその人を観察する。そこから始まる。

ゲスト候補が決まると、直接メールや電話などで打診。これまで幸いなこと

に、ほぼノーというお返事はなかったので、すぐに打ち合わせへ。

1時間ほどの打ち合わせで前半後半の流れをぼんやり頭のなかに描く。現在の活躍を紹介し、その道に進んだきっかけや思いを深く掘り下げ、少年・少女時代の話まで。そしてお決まりは、終盤、お世話になった人やゲストをよく知る人からのサプライズインタビュー。最後に、大切にしている言葉を色紙への直筆で披露してもらって今後の夢などで締めくくる、というパターンが基本。

私が最も重要視しているのは、収録中ではなくそれまでの時間。打ち合わせから本番が始まっているというのは、打ち合わせとなるだけ同じトーンで本番の雰囲気をつくることがゲストを緊張させないコツ。

私は、会社では「アナウンサー」という肩書きはない。2021年に始まったときは報道局次長だったし、その後、報道局長代理となって現在はシニア再雇用の立場。それもあって、一人のパーソナリティとして、一人の人間として、貴重なお話を聞かせていただくというスタンス。だから方言＝土佐弁も出るし、アナウンサーらしからぬリアクションも出ているかもしれない。

いつか、何かしらのありがたい「クレーム」をいただくのではないかと、放送のある日は一日怖くて落ち着かないのだが、もうここまでくると「これが私のやり方です」と言える図太さも芽生えてきている。それでも、テレビに出ている人間の発言はＳＮＳの広がりでいろいろと切り取られることが多いので、やはり「怖さ」のほうが勝っているかも。

ゲストを緊張させず、その魅力を最大限に出してもらうためには、私自身が自分をさらけ出すことも大事だと思っている。

実は一番大切にしていること。休みの日は引きこもり状態になって人との交わりを一切絶つ日もあるくらい、ちょっと根暗な面もある私だが、打ち合わせのときには思いきり「うざい」くらい自分はこんな人間でーす！と見せびらかす。そして、女性ゲストの場合、ほとんど名前で呼ばせていただいている。名字で呼ぶほうがしっくりくる人以外は。

そのほうが近くなれる気がして……。

トーク番組に似たような番組といえば、１９９６年からスタートした「がんばれ高知」という地元開催の国体に向けたスポーツ番組。国体の種目を紹介しつつ、チームの監督や選手、協会の理事長らに競技の魅力などを聞くという20

分ほどの番組を5年間担当した。今思えば、その時の経験が役に立っている。その番組では、随分、厳しくディレクターに育ててもらった。

「和田が相手の懐にもっと入っていかんと、緊張させてしまうやろ」

よく叱られていたのは、言葉の使い方や表現ではなく、そういう雰囲気づくり。例えば、10人ほどの選手に並んでもらってのインタビューでは、中央にいる割と話上手の高校生ばかりにマイクを向けてしまい、これまた取材帰りの車中でディレクターから注意を受けた。せっかく集まってくれた全員の顔が出るように、バランスよく話を振っていかないとカメラマンも困るだろう、と。

私は結構盛り上がったように思って満足していたから大先輩の言葉の重みをかみしめつつもかなり落ち込んで帰った記憶がある。

入社10年ほどたった今も、インタビューさえ上手くできない。プライドという文字などはどこかに弾け飛んで、毎回、ディレクターからの愛のお叱りにすっかり自信をなくしてしまっていた。が、今、あの時調子に乗ったままだったらとんだ勘違いアナになっていたのではないかとしみじみ思う。この時代に、いわゆる昭和気質の熱血ディレクターからもらった数々のアドバイスは実に貴重な宝物となっている。

その頃の経験を思い出しながらもう一つ私が大事にしているのが「トークバラエティ」であること。「インタビュー」ではない、Q&Aではない、ということだ。ということで、なるだけ1カ所でも2カ所でも、ゲストのトークに対して、すぐに次の質問にいくのではなく、自分の思いもプラスして伝えている。

収録は放送の尺の倍くらいの時間をかけてたっぷりお話を聞くので無駄な私の話などはカットされる場合もあるが、

「やった！　採用された」と嬉しかったのが、自分が60歳になっての思い。

あるゲストの人と人生のちょっと深い話になって、

「還暦にちなんで、60歳からは、感謝・感激・感動と3つのKを掲げて大切に過ごそうと思っています」

と言ったところ、ゲストも、

「それはなかなかいい言葉ですね。私も使わせてもらいます」

その掛け合いが放送でもカットされずに残っていて、私の意図が番組のディレクターにも伝わっていると思い、とても嬉しかった。

「ここだけのはなし。」は細かい台本はもちろんなくて、打ち合わせで聞いた話をざっくり項目ごとに箇条書きで並べて、概ねこの流れでとわかるように、A4用紙に1枚程度のものを作っている。

当日は、収録までの1時間くらい、それに沿ってイメトレをしてキーワードになる言葉をもう少し詳細に書き込み、頭に入れていく。締めの言葉はもたついてはいけないから、あらかじめ2通りくらい考えておく。

当初、「これからもご活躍ください」という平凡な締めくくりが多かったようなので、その後はその人に合わせた表現にこだわって締めの言葉を用意するようになった。

「活躍を期待しています」というニュアンスでも、言い換えをしていけば幾通りにもなる。ゲストの今後の夢や目標を受けての「締め言葉」になるので、そのあたり用意していたものが日の目を見ないことも多々あるが、頭の回転が遅くなってきている自覚もあるので、準備するに越したことはない。

こうして無事、1時間ほどの収録が終わると、正直どっと疲れる。1回分の人生を味わったような濃厚な時間だけに、ニュースとはまた違った疲れ方。うまく引き出せなかった時には余計に体が重く、次の仕事への切り替えがなかなかできない。収録とはいえ、やり直しはきかないので、後悔しても遅い。準備不足だったということは一度もないのだけど、そのときの体調やテンションが影響することもある。

自分自身が充実していて健康でないとできない仕事だと改めて思う。放送で隠そうとしても、「人間」そのものが画面からにじみ出てしまう。悩みを抱えてしまっているときの放送などは、とても見ていられない。目を覆いたくなる。

この「ここだけのはなし。」は60代の私だからどうにかこうにかできているのかもしれない。これが迷い悩んでいたあの闇を抱えた30代だったら、きっとボロボロ。すぐにMCは降板だっただろうと思う。いやそんな話さえ来なかっただろう。当面は100人ゲスト目指して、一人一人の尊い人生に優しく「光」を当てていきたい。

心を素っぴんに

「らしく」生きる、あなたらしく生きる。

いろんな場所で突きつけられる言葉だ。

世界で最も影響力のある100人にも選ばれた「片付け」のプロ近藤麻理恵さん。「こんまりさん」と呼ばれていて、アメリカでも本が爆発的に売れた。

その「こんまりさん」のプロデュースをしているのが、夫の川原卓巳さん。

知人から、その川原さんとメイクアップのカリスマ的講師、内田裕士さん2人の講演会があるとのことで熱烈お誘いを受けて、足を運んだ。

なんの予備知識もなく、講演会に参加することになったのだが、会場に着いたとたん、一種、異様な空気を感じた。参加している人たちは、ほとんど「何かを得て帰ろう」というやる気にみなぎっていたのだ。

一瞬、場違いのような気分にもなってしまったのだけど、知り合いも結構いて、私も「何か拾って帰れたら」、と徐々に前向きな気持ちになっていった講演会、いざ始まってみると何だかトークが心地良く響く。

なに、これ？

うっちーこと内田さんは、メイクアップを文化にしようとしていて、メイク一つ一つの所作に武道のごとく名前を付けている。メイク道はもはや伝統芸のよう。みんな自分の顔の欠点は語れるけど、魅力に気づいていない。みんな素顔はそれぞれ美しい、化粧は欠点を隠すものではなく魅力を増すために施すもの……と力説。なんだか勇気をもらった。

川原さんはセルフプロデュースについてお話ししてくれた。自分らしく生きるには、環境・時間・人間関係が大切とも。

心地よい環境、心地よい時間、そして自分が信頼できる人たちと人間関係を構築すること。

人間関係については私もいつも思っていて、大事な一日24時間のなかで仕事をのぞきプライベートでは、一緒にいて楽しい、居心地のいい、そして為になる人たちとの時間を大切にしたいと思っている。この講演でキーワードとなった「自分らしさ」だが、案外、自分自身が「自分らしく」生きているかどうなのかわからないものである。

ゴルフを始めた人たちは、こぞって、「人のつながりも濃くなるし、健康にもいいからやってみたら？」と口を揃える。私も興味がないわけではないけれど、車を運転できないことなどのハンディから尻込みしてしまっている。きっと緑のなかでプレイするのは気持ちがいいだろうし、奥の深いスポーツ、人間関係の広がるとてもいい趣味だと思う。

でも、私は「歌活」で精いっぱい。それに最近は「終活」と称して、文章を書く時間も必要。一日24時間の限られた時間のなかで自分らしく生きるには、一点勝負のほうが「らしく」輝けそう。結果、私は歌活・終活以外のものには手を出していない。

いまの生活のバランスは、「仕事」「歌活」「終活」それぞれ3分の1ずつの位置づけ。非常におさまりのいい見た目すっきりの円グラフが描ける。少し前までは、仕事3分の2、歌活3分の1、もっと昔は、仕事3分の2、恋愛3分の1だったかな……。もう随分遠い昔のことだけど。

おひとりさまの私は、おひとりさまにしかできない時間の使い方で「らしさ」をキープしている。自分らしく生きるというのは、自分にとって心地のよい時間をどれだけ持てているか、ということで判定できるのではないか。自分にとって心地よい人間関係のなかで、心地よい時間を持てていますか？　自分に問いかけてみる。

仕事は闘いでもあるから、心地よいという表現は合わないかもしれない。嫌だと思う環境なら、辞めてしまうのも仕方ない。でも何も得たものがない段階で見切って辞めてしまうことはおすすめしない。きっと次につながらないから。転職したとしても同じことを繰り返してしまう恐れがあるから。

私の場合は、苦しい時期もあったが、時代の最先端を切り取って自分なりに表現ができるテレビという刺激的な職場にいさせてもらって本当に良かったと思う。自分らしさを見つけられたのも、ひょっとしたら仕事のおかげかもしれない。

60歳を超えて最も避けたいのは、「嫌なことを我慢し、無理に人に合わせて行動すること」。そこは頑固に貫き通したい。自分らしさを守るためにも……。

終わりの始まり

２０１０年、「終活」という言葉が新語・流行語大賞にノミネートされた。２０１０年というと、東日本大震災の１年前。

震災後、多くの人が「いのち」について考え向き合ったことから、「終活」というやや悲しげな色合いの言葉は徐々に浸透していったように思う。

おひとりさまの最も悩ましいことは、最期のあり方、姿、迎え方をどうするか。この世に存在するうちに、自分の人生最後の１ページに何をどう描き伝え残すのか。いまから考えておく必要がある。

それにしても、今夜はえらく冷える。もうみぞれ交じりの雪が落ちてきているよう。しんしん、しんしん、孤独のリズムが奏でられて、「終活」に思いを寄せるにはぴったりの、土佐弁でいうところの「しび凍る」夜になっている。明日の朝の景色を想像してちょっとワクワクしたりもする。そんな夜、「終活」について考えてみる。

万人に与えられている命と同様、「死」もみんな平等に与えられているもの。それがいつ来るのか、どういうシチュエーションでやってくるのかは人それぞれ。夜な夜な考えていると、死が怖くもあり、死後、魂が一体どこを浮遊するのか、「私」という心自体が一切なくなってしまうのか、そんなことをダラダラと思いめぐらせると眠れなくなってくる。でも、いつそれがやってきてもいいようにきちんと準備しておきたい。

そこで、エンディングノートが登場する。

私にとってのエンディングノートは、まさにこの本。私は幸せだ。こうして書き残すことによって、これを読んでくれた人がきっと私の理想とする「最期の日」を演出してくれるのだから。

会社近くにあるマンションの一室で、私は静かに最期を迎える。眠れる森のなんとかのように、穏やかな表情のまま。

この日を予測していたかのように、部屋の片隅には「その時に備えたお葬式グッズ」が揃えてある。棺に入れてほしいもの。

2枚のオリジナルCDとこの本。そして、還暦記念のワンマンライブで着た赤いドレス。ドレスは、眠っている私にふんわりと優しく掛けてほしい。高知新聞さんに、翌日死亡広告を出してもらい、喪主は……。おっと、喪主が思いつかない。これはその時の状況によってだからお任せすることにして、式場で流すＢＧＭはオリジナルで最も歌った回数が多い「ｈｅｌｌｏ」を。

♪長い長いトンネル抜けて、やがて空は虹色に変わる

ポップで明るく、それでいてメッセージ性のあるこの曲、苦しいことの後には虹のような喜びがきっとやってくるというポジティブソング。

♪翼広げ空へ　ｈｅｌｌｏ、ｈｅｌｌｏ……

「旅立ちの歌を」という歌詞もあるから、送る歌にふさわしいと思う。２枚目のＣＤに新アレンジで入れている曲。何度も何度も歌った曲。参列者の人たちもこの世に小さな足跡を刻んだ証しを共有しながら、故人（私）を偲んでくれ

るに違いない。

最後のお別れで私の眠る姿を見てくれる人も多いと思う。特別なメイクで、頬もほんのりピンクに、唇にはドレスと同色の赤めのルージュをさしてほしい。

喪主の挨拶とは別に、できたら最後にこの本の「終わりに」の章を朗読してほしい。それを意識して、「終わりに」を書いておこう。そして、私は思い残すことなく天の星になれる。

まだまだ冷える今夜。気象予報士が、「明日は雪の予報」と天気図を指しながら解説している。明日の朝には、まるで生まれたてのような白い妖精たちが地上に降りてきて、日常を送る人たちにちょっぴり悪戯をするのだろう。そして、あらゆるけがれを清めてくれる。何だか人生のエンディングにも似ている。この日、２０２４年１月23日、私の住む町、高知市は初雪を観測した。清らかな朝に、人生の最後の舞台のあるべき姿が少しだけ見えてきて、なんだかほっとした。

素顔のままで今ここに咲く

おひとりさまの私が必死で追いかけてきた「幸せの法則」とは。

結局は、「幸せ」と感じる瞬間は人によって千差万別ということをまずは理解することから始まる。そのうえで、あえて「幸せ」になるためには、ということを書き残しておきたい。

便宜上、２つのパターンに分けて考えてみよう。

幸せを求めていく人と幸せを待ち受ける人。これも随分、攻略法は変わってくる。

幸せを求めていく人、たぶん私はこちら。

最も幸せを感じるのは、光り輝く新緑で冬場の倍くらい山が「モコモコ」とふくらむ、そんな季節にやわらかな日差しを浴びながら、ベランダで花を愛でる時間。いわゆる春の息吹を思い切り感じられるとき。５月生まれというのも関係しているのか、愛しくて仕方ない。

オリジナル曲「素顔のままで」の歌詞のなかにも、そんな一節がある。

「名もない花が愛しいように
ただ澄んだ空が嬉しいように
小さな幸せ　陽だまりのよう　私を包んでくれる」

この世に名もない花などないのだろうけど（植物学の父・牧野博士が発見して名前を付けていることだろうから）名前もわからないような野原にある花を見るだけで、ただ青い空を見るだけで、幸せエキスをもらえる瞬間がある。

そして、求めていって得られた幸福感には、高揚感が加わってさらに幸せの価値が高まる気がする。求めていくということは、獲得するために何か行動を起こすということ。

その過程では、辛くて涙したり、落ち込んでついついマイナス思考になってしまったり、いろいろある訳で……でも、それを克服して目標にたどりついたときの達成感は半端ない。

これは、仕事でもそうだし、プライベートでも味わえること。ただ、攻めなければいけない。待っているだけでは、そんな素晴らしいご褒美はいただけない。人生、そう甘くない。

そして、独りよがりで自分勝手な幸せ術は、まったく効果がない。

「自分だけが幸せだったら、それでいい」と思っているうちは神様が与えてはくれない。

「自分も、家族も、友達も、まわり皆が幸せになれるよう」

私たちは、毎日種まきをしているのだ。

わかっていてもついつい自己保身ばかりに走ってしまう時期もある。私も20代、30代は人間として未熟すぎて、自分との距離で表すと半径2キロくらいの範囲でしか物事を考えられなかったと振り返って反省する。

40代、50代になって、少しずつ世の中の見える範囲は広がっていって、60代に入ったいまは遠くの山の方までようやく見渡せるようになってきた。

「ここだけのはなし。」で、竹林寺の海老塚住職が話してくださった言葉がとても印象的だった。毎回、ゲストの方に「大切にしている言葉」を披露してもらっていて、海老塚住職が色紙に書いた言葉は「落在」。そのときのやりとりは……

和田　それではここで海老塚さんが大切にしている言葉を教えてください。

住職　こちらです。「落在」。この言葉は、「落ちて在る」。花が咲いて種ができる、やがて風が吹いて、その種がぽろぽろっと落ちる。落ちた先は、アスファルトの裂け目のような所であったり、石ころだらけの道だったりする。でもその落ちた場所でしっかりと頑張って花を咲かそうとしている。そのありさまが「落在」。落ちて在るんです。

私たちは、自分で選んで今の環境のもとに生まれたわけではない。私たちはさまざまなところで生きている。皆さんもそれぞれのところに「落在」をしているんだろうと思います。

いま、それを不平不満でとらえるのか、そうではなく、落ちたところ、そこで懸命に根を張って自分の花を咲かそうとするのか、とにかく「今」「ここ」を大事にしていくその積み重ねが自分の一生を良いものにしていく秘訣なのではないかと思って、この言葉を大事にしています。

過ぎたことを悔やむことはない、この先を思い煩うことはない。ただ「今、ここ」を大切に、ていねいに生きていくことが大事なのではないかと思っています。

当時、私は人間関係のトラブルを抱え、近年最も落ち込んでいた時期だったこともあり、この「落在」という言葉がすーっと入ってきて、すき間風がピタリとやんで、心の窓に光が差し込んできたかのような、そんな気分になった。「今、ここ」を大切に。一生懸命、花を咲かそう。そうすればきっと幸せになれる。夢も叶う。

海老塚住職とお話ししていると、打ち合わせのときからもなぜか涙が出そうになった。普通に収録の内容についての話をしているのだが、住職の包み込むような雰囲気と、一つ一つの言葉の重みが心に響き、素顔の自分になれたからこそ感情が込み上げてきたのかもしれない。

幸せの法則。それは、今を懸命に生きること。今、ここに生きていることに感謝すること。そこには何の競争もない。人と比べることは何もない。自分が信じる道を自分軸をもって進んでいくだけ。それでいいと思う。

注意すべきは、自分軸は決して独りよがりのものでは、ただのわがままになってしまうということ。まわりの信頼すべき人たちの声にも耳を傾け、常に自分が間違った方向に進んでいないかチェックすることも大切だと思う。

私たちがなぜ勉強してきたかというと、偏差値の高い学校に入ることでもエリートを目指すためでもない。勉強すること、学ぶことそのものが「人間になるため」の人間昇格試験だったのだ。

感覚だけで生きるのではなく、知識や経験をもとにさまざまな問題を解決する能力を身につけていく人間になるための勉強。ありがたいことに、私は今なお、そんな学びの場を持たせていただいている。

「わだ」道をゆく

いまや人生100年時代。

ありがたいことに、「命」の糸は繋がっている。とりあえず、遺伝の糖尿病以外、悪いところは見つかっていない。60代のおひとりさまは、自由で少々わがままを言っても許される?からとても生きやすくなった。

週4日だけ働くというのも今の自分のペースに合っているし、定年後によくあると聞く社会から段々遠のいていく寂しさも今はない。

月に3回のボーカルレッスン、季節ごとのライブ、そして落語やお笑い、ミュージカルなどにも以前より足を運び、ひと月に一度は旅に出る。夜はおひとりさまの「お城」でたっぷりと晩酌、家なのに二日酔いになるほど進んでしまう日もあり、「やってしまった」と翌朝後悔するのも何とも私らしい。好きなことで感性を磨き、私らしさを保ちながらの60代は最高なのだ。

ただふっと、木枯らしのような風を感じる日もある。強がってばかりいると弱音の吐き方を忘れてしまい、一人で抱えすぎて意味もなくお酒を傾けながら号泣してしまうときがある。深夜、その泣き声はお隣さんまで聞こえてしまうのではないかと思うくらい。思いっきり子どものように泣く。

何が悲しいのか自分でもわからない。その瞬間、子どもに戻っているのかもしれない。でも、自分でそれを受け止めて、また新しい朝を迎えるしかない。毒のようなものを発散して、意外とすっきりとしているものだ。

人生「泣き笑い」。還暦を迎えたとき、「これからは穏やかに暮らしていきたい」と思ったが、きっと風船みたいにふわふわとは生きられない性格。「荒波よ来い」的な昭和のド根性物語の主人公をまだまだ演じていくような予感がする。30代のときハマってフルマラソンに挑戦したときのように……。

前にも書いたことではあるが、60代からは「余白」も大事。人生のキャンバスの「余白」を「余裕」を持って楽しみ、同時に「予測」のつかない一歩先の景色をあれこれと想像しながら歩いていくのだろう。

荒波が待ち受けているかもしれないし、とんでもない挑戦にまた手を出すこともあるかもしれない。そうやって泣き笑いの人生を楽しんでいく。

EPILOGUE

エピローグ

「なぜ、私だけがこんな目に」と嘆くばかりの人生だったら、運命は変えられなかったかもしれません。

私は若くして「子宮全摘」という未来を覆い隠してしまうような大事件に翻弄されて、何年もの間「懺悔」しなければいけないほど心の奥底は濁り水でした。

でもこのままではいけないと気づいた時から、心を浄化するためいろいろなことにチャレンジしてきたつもりです。

思わぬ窮地に立たされたり、絶望のどん底に落とされたり、立ち直れないくらいの出来事が起こったりします。

でも、そのすべてにきっと意味があるのだと思います。

人は誰しも「使命を持って、生かされている」と。

長い間のコンプレックスから抜け出した私の使命は、こうして表現し、伝えていくことなのかもしれません。

60代、気がつけば今担当させていただいているトーク番組も歌も、そして久しぶりに集中して文章を書けていることも、よくよく考えてみると、「使命」としてたどり着いた私の居場所だとしたらつじつまが合うし納得できます。

「運命は変えられる」。自分の気持ちや行動で変わっていくのだということを改めて実感しています。

心を「素っぴん」にすること。若い頃にはできなかったことです。人の目を気にするばかりで心に何重ものカーテンをかけ、自分自身、本来の自分がわからなくなってしまうほど。

自分と向き合うのが怖いといった意識も働いていたかもし

れません。いま、それを邪魔するものは本当になくて、素の自分をさらけ出すことがむしろ気持ちいいくらいです。

人に向き合うときも、心は素っぴんで！

まだまだこんな私にもできることはたくさんあると信じて生きた証を残していきたいと思っています。

今回「自伝的エッセイ」に初挑戦したのですが、「やります」と宣言してからも不安が付きまとっていました。

自伝などといって、赤裸々に書くことによって誰かを傷つけたりしたらどうしよう、こんな甘っちょろい経験を書いたところで共感してもらえるのだろうか、とさまざまなマイナスの嵐に襲われました。

でも、自分をさらけ出すことにも大きな意味があると心に決め、書き進めてきました。

最後まで読んでいただけたなら本当にうれしいです。

そして、私の運命を変えるきっかけをくださった方々、仕事、そして音楽、今回の出版と優しく後押しをしてくださったすべての方々に感謝いたします。

生きている限り、まだまだ私の挑戦は続きます。

２０２４年9月　和田 敦子

PROFILE

和田 敦子 わだ・あつこ

1963年高知県土佐町生まれ。麗澤高校、関西大学文学部卒業。1986年アナウンサーとしてテレビ高知に入社。夕方ニュースワイド「イブニングKOCHI」キャスター、ニュースデスクや報道部長などを経て、2021年からはトークバラエティ「ここだけのはなし。」のMCを務める。また「生涯、表現者でありたい」と50歳からバンド活動をスタートさせる。
2016年からサスガミュージックに所属し、オリジナル曲を集めたアルバムをリリース。ワンマンライブを開催するなど音楽活動を続けている。

素《す》っぴん

2024年12月20日 初版第一刷発行

著者 和田 敦子
発行人 坂本圭一朗
発行所 リーブル出版
〒780-8040
高知市神田2126-1
TEL088-837-1250
装幀 島村 学
表紙撮影 下元あかね
印刷所 株式会社リーブル

ISBN 978-4-86338-415-6